陈德文 ——译

[日] 太宰治 —— 著

斜阳

重慶出版集团 重慶出版社

图书在版编目（CIP）数据

斜阳 /（日）太宰治著；陈德文译. —重庆：重庆出版社，2021.2
　　ISBN 978-7-229-15618-3

　　Ⅰ.①斜⋯　Ⅱ.①太⋯②陈⋯　Ⅲ.①长篇小说—日本—现代　Ⅳ.①I313.45

中国版本图书馆CIP数据核字（2020）第252277号

斜阳

［日］太宰治　著　陈德文　译

出　品　人：华章同人
出版监制：徐宪江　秦　琥
责任编辑：秦　琥
特约编辑：彭圆琦
营销编辑：史青苗　刘　娜
责任印制：杨　宁
封面设计：崔晓晋

重庆出版集团
重庆出版社　出版

（重庆市南岸区南滨路162号1幢）
投稿邮箱：bjhztr@vip.163.com
北京联兴盛业印刷股份有限公司　印刷
重庆出版集团图书发行有限公司　发行
邮购电话：010-85869375/76/78转810

重庆出版社天猫旗舰店
cqcbs.tmall.com

全国新华书店经销

开本：850mm×1168mm　1/32　印张：6.125　字数：100千
2021年5月第1版　2021年12月第2次印刷
定价：45.00元

如有印装质量问题，请致电023-61520678

版权所有，侵权必究

昭和16(1941)年，太宰在位于东京三鹰的住宅附近。

昭和15（1940）年，在东京商大以"近代之病症"为题演讲的太宰。

津岛家兄弟离家时合影,前排左起:三兄圭治,长兄文治,次兄英治。后排左起:弟弟礼治、太宰。

青森中学时代的太宰治。

昭和22（1947）年，太宰治自画像。

太宰治的油画，图中模特为太田静子女士。太宰治的《斜阳》改编自太田静子日记，是书中"和子"的原型。

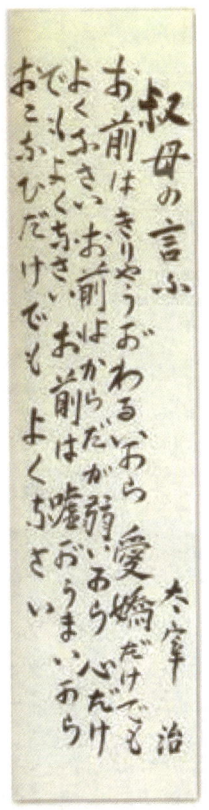

上图：原文为《古今和歌集》里大江千里的和歌。杨烈先生译为："见月遂悲秋，心伤何太甚。秋非我独私，月亦非群品。"太宰治选用了该和歌的后半部分。

左图："婶婶说：'你长得不漂亮，所以得学会招人喜爱。'……"太宰治《叶》中的一段。

下图：文字为："也不积蓄在仓里　太宰治"，取自《马太福音》。

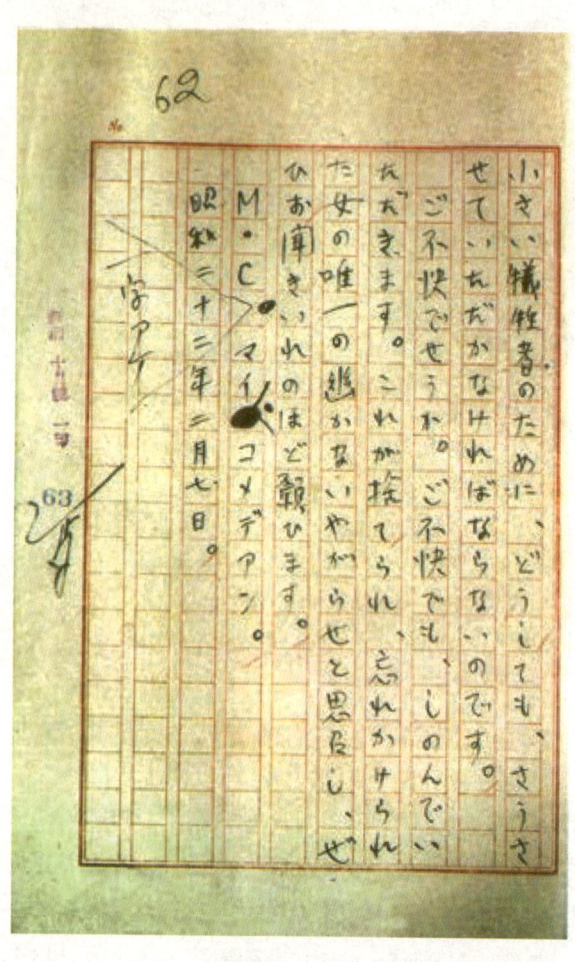

《斜阳》手稿

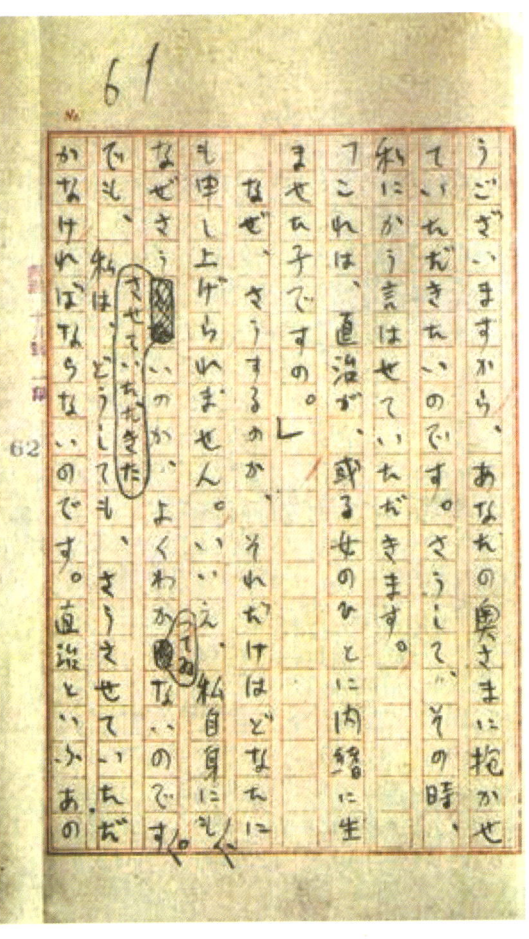

《斜阳》手稿

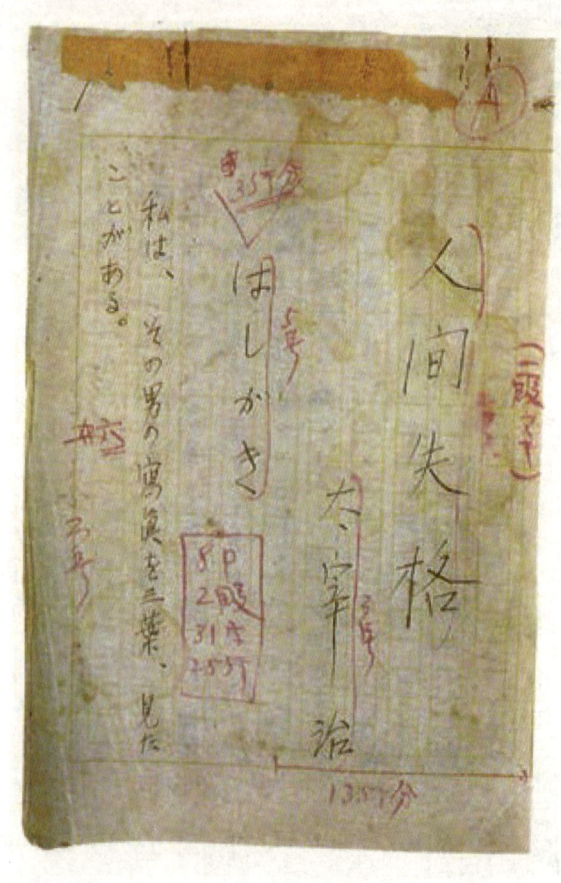

《人间失格》手稿

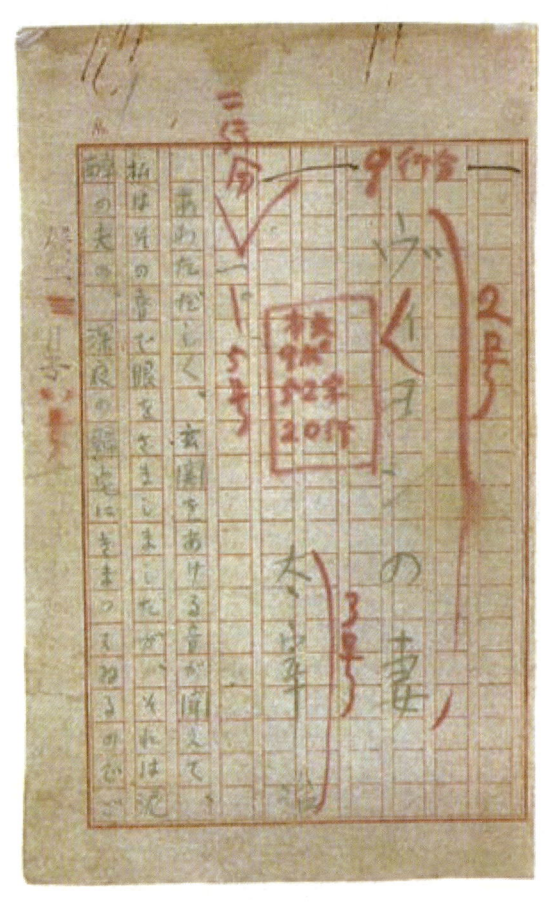

《维庸之妻》手稿

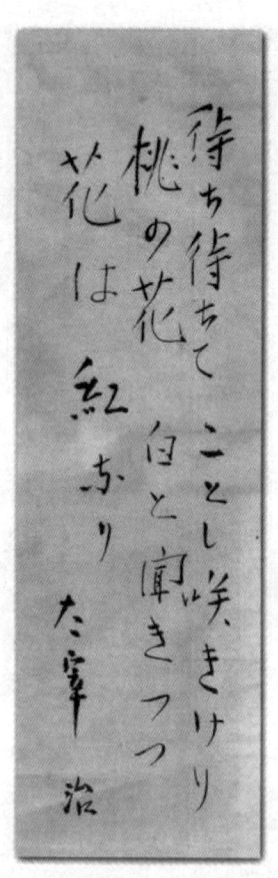

"日复一日,盼来今年桃花开,听闻是白色,哪知是红色。"太宰治自作和歌。

グッドバイ (一)

太宰治 画

変心 一

文壇のく○ある老大家が亡くなって、くくその告別式の終り頃からく雨が降りはじめ、もう早春の雨であるえりその帰りく二人の男が相合傘で歩いている

太宰治遺作《Good Bye》手稿

一

早晨,母亲在餐厅里舀了一勺汤,"嘶"地啜了进去。

"啊!"她低低地惊叫了一声。

"是头发吗?"

汤里想必混进什么不洁的东西了吧,我想。

"不是。"

母亲若无其事地又舀了一勺汤,动作灵巧地送进嘴里,然后转头望着厨房窗外盛开的山樱花,就那么侧着脸,又动作灵巧地舀一勺汤,从小小的嘴唇缝里灌了进去。"动作灵巧"这种形容,对母亲来说一点儿也不夸张。母亲的进食方法，和妇女杂志上介绍的完全不一样。弟弟直治有一次一边喝酒一边对我这个姐姐说过这样的话：

"有了爵位[1]，不等于就是贵族。没有爵位的人，也有的自然具有贵族高雅的品德。像我们这样的人家，有的光有爵位，根本谈不上贵族，仅仅接近于贱民。像岩岛（直治举出同学伯爵家的名字）那种人，给人的感觉甚至比新宿的游廊[2]拉客的鸡头还要下贱，不是吗？最近，柳井（弟弟又举出同学子爵家次子的姓名）的哥哥结婚，婚礼上瞧他那副德性，穿着简易的夜礼服，有必要穿那种衣服吗？这还不算，在致辞的时候，那家伙一个劲儿运用敬语表达法，实在令人作呕。摆阔和高雅根本沾不上边儿，他只不过是虚张声势罢了。本乡[3]一带有很多挂着高级宅第的牌子，实际上，大部分华族[4]可以说都

---

1 贵族的种别。《明治宪法》下编（明治—昭和二十二年，1868—1947）"日本"条记有公、侯、伯、子、男五个爵位等级。

2 即妓院。游廊作为甲州街道的宿场，自古有之，当时集中于新宿二丁目一带闹市。

3 东京文京区地名，东京大学所在地。

4 《明治宪法》下编身份制度的名称。初指江户时代的公卿、诸侯。明治十七（1884）年华族令规定，除授予爵位者外，为国立功的政治家、军人、官吏、实业家等也包括在内。位于皇族下、士族上，享有种种特权。1947年废止。

是高等乞丐。真正的贵族，是不会像岩岛那般摆臭架子的。就拿我们家来说，真正的贵族，喏，就像妈妈这样，那才是真的，有些地方谁也比不上。"

就说喝汤的方式，要是我们，总是稍微俯身在盘子上，横拿着汤匙舀起汤，就那么横着送到嘴边。而母亲却是用左手手指轻轻扶着餐桌的边缘，不必弯着上身，俨然仰着脸，也不看一下汤盘，横着撮起汤匙，然后再将汤匙转过来同嘴唇构成直角，用汤匙的尖端把汤汁从双唇之间灌进去，简直就像飞燕展翅，鲜明地轻轻一闪。就这样，她漫无目的地东张西望之中，轻巧地地操纵汤匙，就像小鸟翻动着羽翼，既不会洒下一滴汤水，也听不到一点儿吮吸汤汁和盘子碰撞的声音。这种进食方式也许并不符合正规礼法，但在我眼里，显得非常可爱，使人感到这才是真正的贵族做派。而且事实上，比起俯伏身子横着汤匙喝汤，还是微微仰起上半身，使汤汁顺着匙尖儿流进嘴里为好。而且，奇妙的是这种进食法使得汤汁更加香醇。然而，我属于直治所说的那种高等乞丐，不能像母亲那样动作轻巧地操纵汤匙，没办法，只好照老样子俯伏在盘子上，运用所谓合乎正式礼法的那种死气沉沉的进食方法。

不只是喝汤，母亲的进食方法大都不合乎礼法。上肉菜时，她先用刀叉全部分切成小块，然后扔下刀子，将叉子换在右手拿着，一块一块地用叉子刺着，慢条斯理地享用。遇到带骨的鸡肉，我们为了不使盘子发出响声，煞费苦心地从鸡骨上切肉时，母亲却用指尖儿倏地撮起鸡骨头，用嘴将骨头和肉分离开来。那副野蛮的动作，一旦出自母亲的手，不仅显得可爱，而且看上去很性感。到底是真贵族，就是与众不同啊！不光是带骨的鸡肉，午餐时对于火腿和香肠等菜肴，母亲有时也用手指尖儿灵巧地撮着吃。

"饭团子为什么那么好吃，知道吗？因为是用人的手指尖儿捏成的缘故啊。"她曾经这样说。

用手拿着吃的确很香，我也这么想过。可是像我这样的高等乞丐，学也学不像，只能是越学越觉得像个真正的乞丐，所以还是坚忍住了。

弟弟也说他比不上母亲，我也切实觉得学母亲太难，有时甚至感到很绝望。有一次在西片町住宅的后院，初秋时节月光皎洁的夜晚，我和母亲坐在池畔的亭子里赏月，娘儿俩说说笑笑，谈论着狐狸出嫁和老鼠出嫁时，配备的嫁妆有什么不同。说着说着，母亲突然起身，钻进亭子旁边浓密的

胡枝子花草丛里,透过粉白的花朵,伸出一张更加白净的脸孔,笑着说:

"和子呀,你猜猜看,妈妈在干什么?"

"在折花。"我回答。

"在撒尿呢。"她小声地笑着说。

她一点儿也未蹲下身子,我感到很惊奇。不过我们是学不来的。我打心底里感到母亲很可爱。

正说着早晨喝汤的事,话题扯远了。不过,我从最近阅读的一本书上,知道路易王朝时代的贵妇人也在宫殿的庭院或走廊的角落里小便,她们根本不当回事儿。这种毫不在乎的行为实在很好玩,我想我的母亲不就是这种贵妇人中的最后一个吗?

再回到早晨喝汤的事儿上吧,母亲"啊"了一声,我问:"是头发吗?"她回答:"不是。"

"是不是太咸了?"

早晨的汤是用美国配给的罐装青豌豆做底料,由我一手熬煮的potage[1]。我本来对做菜没把握,听到母亲说"不是",心中依然犯着嘀咕,所以又叮问了一句。

---

1 法语:西式浓汤。

"味道挺好的。"母亲认真地说。

喝完汤,母亲接着伸手撮起一个紫菜包饭团儿吃了。

我打小时候起就对早饭不感兴趣,不到十点钟肚子一点儿不饿,那时候有点汤水就好歹对付过去了。我吃起东西来很犯愁,先把饭团子盛在盘子里,然后用筷子戳碎,再用筷子尖儿夹起一小块儿,照着母亲喝汤的样子,使筷子和嘴巴成为直角,像喂小鸡一般塞进嘴里。在我慢慢腾腾吃着的当儿,母亲早已全都吃好了,她悄悄站起身子,背倚着朝阳辉映的墙壁,默默看着我吃饭的样子。

"和子呀,这样还是不行,早饭一定要吃得香甜才是。"她说。

"妈妈呢?您吃饭很香吗?"

"那当然,我已经不是病人啦。"

"和子我也不是病人啊。"

"不行,不行。"

母亲凄凉地笑了,摇摇头。

我五年前害过肺病,卧床不起。不过,我明白那是娇生惯养造成的。但是母亲最近的病症却使我甚为担心,这是一种很可怜的病。然而,母亲只是为我操心。

"啊。"

我不由"啊"了一声。

"怎么啦?"母亲问道。

两人互相望着,似乎都心照不宣。我吃吃地笑了,母亲也笑了起来。

每当心里有什么难为情的事儿,又忍耐不住的时候,我就会悄悄地"啊"一声。眼下我心里突然清晰地浮现出六年前离婚的事儿,实在忍不住了,才不由"啊"地叫出声来。母亲又是怎么回事呢?母亲不会像我一样有着难以启齿的过去吧?还是因为别的什么事情呢?

"妈妈刚才也想起什么了吗?到底怎么回事呢?"

"我忘啦。"

"我的事吗?"

"不是。"

"直治的事?"

"对。"

说到这里,她又歪着头,说道:"也许是吧。"

弟弟直治大学中途应征入伍,去了南方的海岛,从此杳无音信,终战后依然下落不明,母亲早已做好了心理准备,她说再也见不到直治了。可是我从来不需要这个"心理准备",我想肯定还能见到弟弟。

"我虽然死心了,但喝到这么好的汤,就想起直治,心里受不住。要是对直治多疼爱些就好了。"

直治读高中时就一味迷上了文学,开始过着不良少年的生活,真不知给母亲招来多少辛苦。虽说这样,母亲依然一喝上一勺汤就想起直治,"啊"地惊叫一声。我将一口饭塞进嘴里,眼睛热辣辣的。

"没事儿,直治不会出事的。像直治这样的恶汉子是不会死的。死的都是老实、漂亮、性情温和的人。直治是用棍子打也打不死的。"

"看来,和子也许会早死的吧。"

母亲笑着逗弄我。

"哎呀,为什么?我是个淘气包,活到八十岁看来没问题。"

"是吗?这么说,妈妈可以活到九十岁啦。"

"嗯。"

说到这里,心里有点儿难过。恶汉长寿,漂亮的人早夭。妈妈很漂亮,不过我希望她长寿。我一时不知如何是好。

"快别捉弄人啦!"

说着,我的下唇不住颤动,眼泪扑簌扑簌涌流出来。

说说蛇的事情吧。四五天前的午后,附近的孩子们在院墙边的竹丛里发现了十几个蛇蛋。

"是毒蛇蛋!"

孩子们嚷嚷着,我想,要是那竹丛里生了十多条毒蛇,就不能轻易到院子里玩了。

"烧了吧。"

我一说完,孩子们就欢呼跳跃,跟着我走来。

大家在竹丛一旁堆起树叶和柴草,点着了火,将蛇蛋一个个投进火堆。蛇蛋不易着火,孩子们添加了不少树叶、树枝,增强了火势,蛇蛋还是着不起来。

下面的农家姑娘在墙根外边笑着问道:

"你们在干什么?"

"烧毒蛇蛋呢。一旦生了毒蛇,该多可怕呀。"

"多大个儿呢?"

"像鹌鹑蛋一样,一抹白。"

"那么说是普通的蛇蛋,不是毒蛇蛋。生蛇蛋是不会着火的。"

姑娘感到奇怪，笑着走开了。

火着了三十分钟，蛇蛋就是不燃烧。我叫孩子们从火里捡出蛇蛋，埋在梅花树下，垒上小石子作为墓标。

"来，大家一起拜一拜吧。"

我蹲下身子，双手合十，孩子们也都顺从地蹲在我身后合掌拜祭。然后，我告别孩子们，一个人独自缓缓登上石阶，只见石阶上头，母亲站在藤架荫里。

"你干了件可悲的事啊。"她说。

"以为是毒蛇，谁知竟是普通的蛇蛋。不过，都掩埋好了，没问题的。"

我虽然这么说，但觉得被母亲看见总是不太好。

母亲并不迷信，可是十年前父亲在西片町家中去世后，她非常害怕蛇。据说父亲临终前，母亲发现父亲的枕畔掉落一根又细又黑的线绳儿，她毫不经意地拾起来一看，是蛇！眼见着那蛇很快地逃走了，顺着走廊不知钻到哪里去了。看到这条蛇的只有母亲与和田舅舅两个人，姐弟二人面面相觑，但为了不惊扰前来送终的客人，将这事隐瞒了，没有声张出去。我们虽说也都在场，可关于蛇的事一点儿也不知道。

但是，父亲死去那天晚上，水池边的树木全都爬满了蛇，这是我亲眼见到的。我已经是二十九岁的老大妈了，十年前父亲去世时我十九岁，早已不是小孩子了，现在又过了十年，当时的记忆依然十分清晰，一点儿都不会错的。我为了剪花上供，来到池畔，站在岸边杜鹃花丛中。突然，我发现杜鹃花的枝子上盘着一条小蛇。我不由一惊，又想攀折一枝棠棣花，谁知那枝条上也盘着一条蛇。相邻的木樨、小枫树、金雀花、紫藤、樱树，不论哪种树木上都一律盘着蛇。可我并不怎么害怕，我只是认为，蛇也和我一样，对于父亲的辞世感到悲伤，一齐爬出洞来祭拜父亲的亡灵吧？于是，我把院子中出现蛇的事悄悄告诉了母亲，她听罢有些担心，歪着头思考了一阵子，可也没再说些什么。

不过自从出现这两件有关蛇的事之后，母亲就非常讨厌蛇，这倒是事实。说是讨厌，其实是更加崇拜蛇，害怕蛇，对蛇抱着满心的畏怖之情。

母亲看到烧蛇蛋，肯定会感到很不吉利，我也觉得烧蛇蛋这种事儿太可怕了。这件事会不会给母亲带来厄运呢？我担心又担心，第二天，第三天，都忘不掉。今天早晨在餐厅里又随便扯到美人早夭这类荒唐的事，真不知如何补救。早饭后一边拾掇碗筷,一边感到自己身子里钻进了一条可怕的小蛇,它将缩短母亲的寿命,我一个劲儿哭泣,打心眼儿里腻歪得不得了。

而且,那天我又在院子里看到了蛇。那天天气特别和暖,我做完厨房的事儿,打算搬一张藤椅放在院中的草坪上,坐在那里织毛衣。我搬着藤椅刚走下院子,就发现院中石头旁的竹丛中有蛇。哎呀,真讨厌,我只是这么想着,没有进一步深思下去,又搬着藤椅回到廊缘上,坐在上头织毛衣。午后,我想到庭院一角佛堂里的藏书中找一本罗兰桑[1]画集,刚走下庭院,便看到草坪上有条蛇在缓缓爬动,和早晨那条蛇一样。这是一条纤细的、高雅的蛇。我猜是条女蛇。她静静地穿越草地,爬到野玫瑰花荫里,停住了,抬起头来,抖动着细细的火焰般的信子。看她那姿态,仿佛在打量着四周,过了一会儿,又垂下头,忧戚地盘绕在一起。当时,我只认为这是一条美丽的蛇,过了一会儿,我把画集拿回佛堂,回来时瞥了一眼刚才蛇盘桓的地方,已经不见蛇的踪影了。

黄昏将近,我和母亲坐在中式房间里饮茶,朝院子里

---

1 Marie Laurencin(1883—1956),法国女画家。

看时,石阶第三级的石头缝里,早晨那条蛇又慢腾腾地爬出来了。

"那蛇怎么啦?"

母亲看到蛇,站起来走到我身旁,拉着我的手呆立不动。母亲这么一说,我猛然想到:"该不是蛇蛋的母亲吧?"一句话随即脱口而出。

"是的,没错啊!"

母亲的声音有些嘶哑。

我们手拉着手,屏住呼吸,默默注视着那条蛇。蛇忧郁地蹲踞在石阶上,开始颤颤巍巍地爬行了,她吃力地越过石阶,钻入一簇燕子花丛里。

"这条蛇一大早就在院子里转悠了。"

我小声地说。母亲叹了口气,一下子坐到椅子上,语调沉重地说道:

"是吧?是在寻找蛇蛋呢,好可怜啊。"

我只能嘿嘿地笑了笑。

夕阳映照着母亲的面孔。看起来,母亲的眼睛闪着蓝色的光芒,似乎含着几分嗔怒,神情十分美丽,引人恨不得扑过去紧紧抱住她。我觉得母亲的那张脸孔,同刚才那条悲伤的蛇有某些相似之处。而且，我的胸中盘踞着一条毒蛇，这条丑陋的蛇，总有一天要把那条万分悲悯而又无比美丽的母蛇一口吞掉，不是吗？为什么，为什么我会有这样的感觉呢？

我把手搭在母亲柔软而温润的肩膀上，心中泛起一种莫名其妙的惆怅。

我们舍弃东京西片町的宅第，搬来伊豆的这座稍带中国风格的山庄，是在日本无条件投降那年的十二月初。父亲死后，我们家中的经济都由母亲的弟弟，同时也是母亲唯一的亲人——和田舅舅一手包揽下来。战争结束，时局变化，和田舅舅实在支撑不下去了，看样子曾经同母亲商量过，他规劝母亲，不如将旧家卖掉，将女佣全部辞退，母女二人到乡下买一套漂亮的小住宅，享享清福为好。母亲对于金钱的事，比孩子更一窍不通，经舅舅这么一说，就把这些事都托付给他了。

十一月末，舅舅发来快信，说骏豆铁道[1]沿线河田子爵的别墅正在出售，这座宅第位于高台之上，视野开阔，有一百

---

[1] 连接骏河三岛和伊豆修善寺的铁道，即现在的伊豆箱根铁道骏豆本线。

多坪[1]农田，周围又是观赏梅花的好地方。那里冬暖夏凉，住下去一定会满意的。因为必须同卖主当面商谈，明天请务必来银座他的办事处一趟。——信的内容就是这些。

"妈妈您去吗？"

"我本来都交付给他的呀。"

母亲忍不住凄凉地笑着说。

第二天，母亲在先前那位司机松山大师的陪伴下过午就出发了，晚上八时，松山大师又把她送回家来。

"决定啦。"

她一走进我的房间，双手便扶住我的书桌瘫坐下来，只说了这么一句。

"决定了什么？"

"全部买下。"

"可是，"我有些吃惊，"房子怎么样，还没有看就……"

母亲胳膊肘儿支着桌面，手轻轻按着额头，稍稍叹了口气。

"和田舅舅说了，是座好住宅，我就这么闭着眼搬过

1　土地面积单位，一坪约合3.3平方米。

去，也会感到舒心的。"

说罢她扬起脸微微笑起来。那张面孔略显憔悴，但很美丽。

"说的也是。"

母亲对和田舅舅的无比信赖使我很佩服，于是我表示赞同。

"那么，和子我也闭着眼。"

娘儿俩齐声笑了，笑完之后，又觉得好不凄凉。

其后，每天家里都有民工来打点行李准备搬家。和田舅舅也每天大老远地赶来，将变卖的东西分别打包。我和女佣阿君两个忙里忙外地整理衣物，将一些破烂堆到院子里烧掉。可母亲呢，既不帮助整理东西，也不发号指令，每天关在屋子里，慢慢悠悠，不知在倒腾些什么。

"您怎么啦？不想去伊豆了吗？"

我实在憋不住，稍显严厉地问。

"不。"

她只是一脸茫然地回答。

花了十天光景整理完了。晚上，我同阿君两人在院子里焚烧碎纸和草秆儿。母亲走出屋子，站在廊缘上，默默望着我们点燃的火堆。灰暗而寒冷的西风刮来，黑烟低低地在地面爬行。我蓦然抬头看向母亲，发现她面色惨白，这是从未有过的，不由惊讶地喊道：

"妈妈，您的脸色很不妙啊！"

"没什么。"母亲淡然地笑了，说罢又悄悄走回屋子。

当晚，被褥已经打点完毕，阿君睡在二楼西式房间的沙发上，我和母亲从邻居家借了一套被褥，娘儿俩一起睡在母亲的卧房里。

母亲又突然想起什么似的叫了一声，嗓音显得有些衰老。

"有和子在，只要和子陪我，我就去伊豆。因为有和子做伴儿。"

她的话很使我意外。我不由心里一震，问道：

"要是和子不在了呢？"

母亲立即哭起来，她断断续续地诉说着，哭得越发厉害了。

"那还是死了好，这个家没了父亲，母亲也不想再活下去啦。"

母亲在我面前从来没有说过这般丧气的话，我也从未见她如此激烈地痛哭过。哪怕是父亲去世，我出嫁，不久怀着大肚子跑回娘家来，不久孩子死在医院，以及我生病起不来床，还有直治闯祸那些日月，母亲都没有像现在这样心灰意冷。父亲死后的十年间，母亲和父亲在世时毫无两样，依旧那般娴静、优雅。而且，我们也都心情愉快，在母亲的娇惯下成长。但是，母亲没有钱了，为了我们，为了我和直治，毫不吝惜地花光了，一个子儿也没剩下，而且，离开这座长年居住的宅第，只和我搬到伊豆的小村庄，过着孤苦伶仃的日子。假如母亲是个冷酷、悭吝的人，经常责骂我们，而且只顾偷偷生法子攒钱肥己，那么，不管世道如何改变，她都不至于像现在这样一心想死。啊，没有钱是多么可怕、可怜、求救无门的地狱啊！有生第一次切实感到这一点，我心头郁闷，痛苦地一心想哭。所谓人生的严峻就是这种感觉吗？我只好纹丝不动，仰面躺卧，像一块石头凝固在一起了。

第二天，母亲神色依然不好，总是摸摸索索的，看样子，很想在这个家里多待些时候。和田舅舅来了，他嘱咐道，行李大都发运了，今天就起程去伊豆。母亲慢腾腾地穿上外套，同前来送行的阿君以及进进出出的人们无言地告别之后，就和舅舅、我三个人离开了西片町的宅第。

火车里很空，三个人都有座位。舅舅在车厢里心情十分愉快，不住哼着谣曲[1]什么的。母亲脸色青白，低着头，冷瑟瑟的样子。我们在三岛换乘骏豆铁道的列车，在伊豆长冈下车，然后乘一刻钟汽车，下车后朝着山里登一段和缓的坡道，看到一座小小的村落，村头有一座中国风格的小巧的山庄。

"妈妈，比想象的要好呀。"

我喘着气说道。

"可不是吗。"

母亲站在山庄大门外面，倏忽闪过一脉兴奋的眼神。

"首先，空气新鲜，这里的空气很洁净。"

"真是的。"母亲微笑着，"很新鲜，这里的空气太好了。"

于是，三个人都笑了。

走进大门，东京的行李已经到了，从门厅到房间，堆得满满的。

"下面可以到客厅眺望一下风景。"

舅舅兴致勃勃，硬是拉着我们到客厅坐下来。

午后三时左右，冬天的阳光和煦地照耀在院子里的草坪

---

[1] 古典能乐剧的演唱底本。

上。由草坪走下一段石阶，最下面有一座小小的水池，种植了很多梅树。庭院下边是广袤的橘树园，接着是乡村道路。对面是水田，远方是一片松林。松林那边可以看见大海。坐在客厅里看海，海面的高度和我的乳峰正好处在同一条水平线上。

"风景很柔和。"

母亲稍显悒郁地说。

"也许是空气的缘故，这里的阳光和东京完全不同，光线仿佛经过绢纱滤过一般。"

我也兴奋地说道。

房间是十铺席和六铺席，还有一个中国风格的起坐间。此外，门厅是三铺席，浴室是三铺席，接着是餐厅和厨房。楼上一间西式客房，铺着宽大的床铺。这么多房间，足够我们娘儿俩使用，不，即使直治回来，三个人也不会感到褊狭。

村子里据说只有一家旅馆，舅舅去那里联系饭食，不久就送来了盒饭。舅舅将盒饭摆在客厅里，一边喝着自己带来的威士忌，一边谈论着这座山庄以前的房主河田子爵以及到中国游历时遇到的倒霉事，他的心情十分愉快；而母亲只是用筷子动了动饭盒。不久，天色渐渐黑下来，母亲小声说道：

"让我先躺躺吧。"

我从行李中抽出被褥，照料母亲睡下。我感到十分担心，从行李中取出体温计，为母亲量量体温，三十九度。

舅舅大吃一惊，连忙到下边的村子寻找医生去了。

"妈妈！"

我大声呼喊，母亲依然冷冷的，没什么反应。

我握住母亲小巧的手，抽噎起来。母亲太可怜了，她太可怜了。不，我们娘儿俩都很可怜，都很可怜啊！我哭个不停，一边哭，一边打内心里想同母亲一道死去。我们什么也不要了。我们的人生从离开西片町的老宅子起，就已经终结了。

两个小时之后，舅舅带着村里的医生来了。医生已经相当老了，穿着仙台绸的宽腿裤子，套着白布袜子。

诊断完毕，他若无其事地说：

"大概是患了肺炎，不过，即便得了肺炎也用不着担心。"

他只说了两句不疼不痒的话，然后给母亲打了一针就回去了。

第二天，母亲的高热依然不退。和田舅舅给我两千元，交代我说，万一需要住院，就给他向东京发电报。说罢，他当天就回东京了。

我从行李中拿出几件急用的炊具，熬粥给母亲喝。母亲躺着喝了三勺粥，接着摇摇头。

午饭前，村里的医生又来了，这回他没穿宽腿裤子，但依旧套着白布袜子。

"还是住院……"

我央求说。

"不，没有必要。今天再打一针高效药剂，热就会退的。"

他依然若无其事地回答，接着，便打了一针所谓高效药剂回去了。

不知这针高效药剂是否真的发挥了奇效，当天过午，母亲脸色通红，出了很多汗，更换睡衣时，她笑着说：

"说不定是个名医。"

体温下降到三十七度。我很高兴，跑到这个村子里唯一的那家旅馆，托老板娘得了十多个鸡蛋，赶紧做成溏心蛋送给母亲。母亲连吃了三个溏心鸡蛋，又喝了半碗稀粥。

第二天，村中的名医又套着白布袜子来了。我感谢他昨天给母亲注射了高效药剂，他带着一副对这种疗效理所当然的神情，深深点了点头，又认真地诊察了一遍，然后转头对我说：

"老夫人已经全好了，没有病了。今后吃什么都没有关系了。"

他说话还是那样阴阳怪气的，我好容易才忍住没有笑出声来。

我送医生到大门口，回到客厅一看，母亲坐在床铺里，满脸闪着兴奋的神色，茫然地自言自语：

"真是个名医，我已经没有病啦。"

"妈妈，要打开障子吗？外头下雪了呢。"

花瓣般的鹅毛大雪纷纷扬扬下了起来。我打开障子，和母亲肩并肩坐在一起，透过玻璃窗眺望伊豆的飞雪。

"我已经没有病啦。"

母亲又自言自语起来。

"这样干坐着，以前的事情就像做梦一样。搬家那阵子，我真不想来伊豆，说什么也不情愿。我想在西片町的老家多待些时辰，哪怕一天半日的也好啊。一乘上火车，我就觉得死了一半。刚到这里时，心情还算可以，天一黑就怀念东京，心里焦急不安，神情恍恍惚惚。我这不是一般的病，是神仙把我杀死，又变成另一个我，使如今的我还阳成为昨天以前的我了。"

后来，直到今天为止，只有我们娘儿俩的山庄生活，好歹还算平安无事，村里的乡亲对我们也很亲切。搬到这里来是去年十二月，其间度过了一月、二月、三月，直到四月的今天，我们除了准备饭食，其余的时间大都是坐在廊缘上编织毛衣，或者在中式房间里读书、饮茶，几乎过着同世间隔离的生活。二月里梅花开了，整个村子都掩盖在梅花丛中。接着进入三月，多半是和暖无风的日子，盛开的梅花丝毫也不凋谢，到了三月末尾，依然美艳无比。不论白天黑夜，不论清晨傍晚，梅花美得令人叹息。一敞开廊缘一侧的玻璃窗，花香随时会飘满屋子。三月末一到黄昏，肯定没有风，我在夕暮的餐厅里一摆上碗筷，梅花瓣就打窗外吹进来，落在碗里，濡湿了。进入四月，我和母亲坐在廊缘上，手里编织毛衣，两人谈论的话题，无非是关于耕作的计划。母亲说，到时她想协助我一下。啊，写到这里，我就觉得我们正像母亲那次所说的一样，已经死了，然后托生个不同的自己,重新还阳了。但是,一般的人,到底不能像耶稣基督那样复活的,不是吗?尽管母亲那么说,她喝上一勺汤就想起直治,"啊"地惊叫一声。况且,我过去的伤痕,实际上一点也没有得到治愈。

啊,我一点儿也不隐瞒,全都明明白白地写在这里了。我有时甚至会暗暗这样想,这座山庄里的平静生活完全是假象,只不过虚有其表罢了。这是神仙赏赐给我们母女的短暂的休息时间,尽管如此,我总感到和平之中潜藏着一种不祥的暗影。母亲虽然装出一副幸福相,但日渐衰老,我心中隐藏的毒蛇越发粗壮,最后要把母亲一口吃掉。尽管自己压抑又压抑,它还是继续长大,啊,如果仅仅是季节的原因倒还好说,这一阵子,有件事使我对这种生活实在难以忍耐下去了。烧蛇蛋这种荒唐的事,无疑也是我情绪焦躁的一种表现。到头来,这只能加深母亲的悲伤,使她尽快衰老。

一旦写到"恋"字,就再也写不下去了。

二

"蛇蛋事件"之后,过了十天,接着又出现的一件不祥的事,越发增强了母亲的悲哀,缩短了她的寿命。

我造成了一场火灾。

火灾是我引起的。我这一辈子,从幼年到现在,做梦也没有想到会发生这种可怕的事情。粗心大意就容易失火,对于这种当然的道理都一无所知的我,就是所谓"千金小姐"吧!

夜间起来上厕所,我走到门口的屏风旁边,看到浴室方向一片明亮。不经意地朝那里一瞅,浴室的玻璃窗火红火红的，还听到"噼噼啪啪"的响声。我赶紧跑过去，打开浴室的边门，赤脚到外面一看，锅炉旁边堆积如山的木柴正熊熊燃烧。

我跑到连接庭院的下面的农家，用力砸门。

"中井先生，快快起来，失火啦！"我高喊。

中井先生已经睡下了，他回答："哎，我马上去。"

我正连连喊着"拜托啦，拜托啦"的当儿，中井穿着浴衣睡袍，从房子里飞跑出来。

两人跑到火场旁边，提着铁桶到水池里打满水跑回来，只听客厅走廊那里传来母亲"啊"地一声呼喊，我扔下水桶，从庭院里登上走廊。

"妈妈，不用担心，没事儿，您只管休息吧。"

我把即将倒地的母亲抱起来，送到床铺上，让她躺下，又连忙跑回火场。这回我从池里打满水交给中井先生。中井把水泼向那堆木柴。可是火势依然在增强，那一点水丝毫不起作用。

"失火啦，失火啦，山庄着火啦！"

下面传来了这样的喊声，四五个邻居立即推开篱笆墙，飞奔而入。他们用传递的方式，从篱笆墙下的水渠里用铁桶运来一桶桶水,两三分钟内就把火扑灭了。再等一会儿,火苗就会蔓延到浴室顶棚上去。

这下好了。我想到这次失火的原因,心中不由一惊。我昨天晚上将没有燃烧完的木柴从炉膛里抽出,以为熄灭了,便放在木柴堆附近,于是着起火来。想到这里,我呆呆站在原地,真想大声痛哭一番。这时,只听前面西山家的媳妇在篱笆外面高声说道:"浴室烧光啦,锅炉的火没有拾掇好。"

藤田村长、二宫警察和大内消防团长等人来了。藤田始终是一副和蔼可亲的笑脸。

"受惊了吧?怎么样啦?"他问。

"都怪我,我原以为木柴熄灭了……"

话说了一半,我觉得自己太可怜了,眼泪涌流出来,站在那里一声不吭了。当时我想,说不定会被警察作为罪犯带走。我赤着脚,穿着睡衣,那一身乱糟糟的打扮太叫人难为情了。我感到自己太潦倒不堪了。

"明白了,你母亲怎么样?"

藤田先生带着同情的语调,关切地问。

"我让她睡在客厅里,她着实吓坏了……"

"不过,还好,"年轻的二宫警察也过来安慰我,"房子没着火,这就好。"

这时,下边农家的中井先生换了衣服走过来。

"没什么,只是木柴稍微着了点火,连小火灾也算不上。"

他喘息着,为我犯傻的过失说情。

"是吗?我都知道啦。"

藤田村长一而再、再而三地频频点头,接着便和二宫警察小声商量了一下。

"好,我们回去了,代问你母亲好。"

村长说罢,就和大内消防团长等一行人回去了。

二宫警察一个人留下来,他走到我面前,声音低得只能听到呼吸。

"那好吧,今夜这件事就不打报告啦。"他说。

二宫警察回去以后,下面农家的中井先生问我:

"二宫先生说什么了?"

他在为我担着心,所以声音显得很紧张。

"他说不打报告了。"

篱笆墙附近的人听到我的回答,一齐说"那就好,那就好",然后陆续回家了。

中井先生道了声"晚安",他也回去了,剩下我一人,呆呆地站在烧过的木柴堆旁,满含着泪水仰望天空。看样子,天快亮了。

我在浴室里洗洗手脚,不知怎的,懒得去见母亲,在浴室的三铺席房间里磨磨蹭蹭梳理头发,然后到厨房收拾根本不需要收拾的餐具,一直等到天明。

天亮后,我蹑手蹑脚地走进客厅,发现母亲早已穿好衣服,坐在中式房间的椅子上,显得很疲倦。她见了我微微一笑,脸色白得吓人。

我没有笑,默默地站在母亲的座椅后面。

过了一会儿,母亲说道:

"没什么大不了的,木柴本来就是点火用的。"

我一下子乐了,嘻嘻笑起来。我想起《圣经》的"箴言"篇上说:"一句话说得合宜,就如金苹果在银网子里。"[1]有这样一位体贴的母亲是我自己的福分,由此我更加感谢神明。昨夜的事,就作为昨夜的事吧,我已经不去想它了。我透过中式房间的玻璃门,眺望伊豆的海面,一直站在母亲的身后,最后,母亲沉静的呼吸同我的呼吸完全融在一

---

1 《旧约全书》"箴言"第二十五章。

起了。

简单地吃罢早饭,我去整理烧剩下的那堆木柴,这时,村中唯一的旅馆的老板娘阿笑,从庭院的柴门一路小跑过来,眼睛里泪花闪闪。

"怎么啦?出什么事啦?我可是刚刚听说。昨晚到底发生了什么事?"

"对不起。"

我小声向她道歉。

"什么对不起呀,我问你,小姐,警察怎么说?"

"他说没事儿。"

"嗯,那就好。"

看她的表情,打心里为我们高兴。

我同阿笑商量,该以怎样的方式向乡亲们表示感谢和歉意,阿笑说,还是使点儿钱吧。接着,她告诉我哪些人家是一定要走一走的。

"不过,小姐要是不愿意一个人行动,我可以陪你一道去。"

"还是一个人去好吧?"

"你一个人能行吗?可以的话,还是一个人去为好。"

"那就一个人去吧。"

然后，阿笑帮助整理了一下烧过的木柴堆。

收拾完毕，我向母亲要了些钱，用美浓纸[1]每一百元包成一包，每个纸包上都写上"道歉"的字样。

最先去村公所，藤田村长不在，我把纸包交给了值班的姑娘。

"昨晚上实在太对不起啦，今后一定注意，请务必原谅，并请向村长问好。"

我对她表示了歉意。

接着去大内消防团长的家，大内先生走出门口，见了我默默地露出凄凉的微笑。不知为什么，我真想立即哭出来。

"昨晚实在对不起。"

我说罢赶紧告别了他，一路上泪流不止，面孔一塌糊涂。回到家里，我到洗脸池洗了洗，重新化好妆，到门口穿鞋正要出去，母亲走过来问道：

"还要外出吗？"

"嗯，还有好多家呢。"

我抬起头回答。

1　美浓国（今岐阜县）产的质地坚韧的高级纸张。

"真难为你啦。"

她声音低沉地说。

借助母爱的力量,这回我一次也没有哭,家家户户全转了一遍。

到区长家,区长不在,他的儿媳妇出来,一看到我,首先哭了起来。接着到警察家里,二宫警察对我说"很好,很好",碰到的人一个个都很亲切。接着再去邻近的人家,大伙儿同样报以同情和安慰。唯独门口西山家的媳妇,已经是四十开外的婆子了,一个人嘀嘀咕咕,说三道四。

"下回可得当心,我不知道什么皇族什么贵族,看到你们那种小孩过家家的生活方式,实在是捏着一把汗呢。两个孩子一起过日子,过去一直没失火,已经够奇怪的喽。今后可得多多注意才是。就说昨晚上吧,你瞧,要是风再大一些,整个村子都要烧光的!"

当时,下边农家的中井先生跑到村长和二宫警察面前为我讲情,说连小火灾也算不上;只有这位西山家的媳妇,站在篱笆墙外头大声嚷嚷:"浴室烧光啦,锅炉的火没拾掇好。"不过,我从西山家媳妇的怨气里感受到了真实。她说得完全对,我对她没有丝毫的怨恨。母亲开玩笑说,木柴本

33

来就是点火用的,那是为了安慰我。但是,当时要是风大,正如西山家媳妇所言,整个村子也许会烧光,要是那样,我就会死,想表示忏悔也来不及了。我死了,母亲恐怕也活不下去,也会给死去的父亲脸上抹黑。如今虽然不再有什么皇族、华族了,但即便灭亡,也要华丽地灭亡!发生火灾就用死来忏悔,这种可怜兮兮的死法,死也死不利索啊。总之,应该更坚强些。

第二天,我到田里干活,下边农家中井先生的女儿不时过来做帮手。自打发生了火灾这类丑事,我觉得体内的血液稍稍变得黑红了。从前,我的胸中住着恶意的毒蛇,这回血色微微有些改变,感觉逐渐变成一个粗野的乡间姑娘了。即使和母亲一块儿坐在廊缘下编织毛衣,也会使我感到异常憋闷,不如到大田里翻土什么的更快活些。

这叫体力劳动吧?这种力气活儿对我来说已经不是头一回了。我在战时被征用,参加过基建劳动。如今下地穿着的粗布袜子,在当时都由军队分发。这种下地的粗布袜子,当时是我有生以来第一次穿用,亲身体验到鸟雀、野兽等在地面上赤脚行走的轻松、舒畅,心中别提有多高兴了。战时幸福的记忆,只有这一件。细想想,战争实在是要不得的。

去年，平安无事。

前年，平安无事。

在那以前，也平安无事。

这般有趣的诗句，战争刚结束时，刊登在一家报纸上。确实，眼下回想起来，一方面觉得发生了种种事情，但同时又感到什么事情也没有发生。对于战争的回忆，我既不愿意谈论，也不愿意倾听。那么多人死了，还是那样陈腐、无聊。但是，我还是那样随心所欲吗？我被征用，脚穿粗布袜子，参加基建劳动，只有这件事，我不认为陈腐。虽说感到十分厌烦，但是，我多亏参加了基建劳动，身体才会这般健康。即使现在，有时我也会想，生活中一旦遇到困苦，那就再去参加基建劳动活下去。

战局越来越使人绝望时，一个身穿军服的男子来到西片町我的家，交给我一份征用书，然后又递给我一张劳动日程表。一看那张日程表，我从第二天起每隔一天就要到立川[1]的后山一次，眼里不由噙满了泪水。

1　东京都西部城市。

"可以找人顶替吗?"

我泪流不止,抽噎个不停。

"是军队给你发的征用书,必须本人亲自到场。"

那人严厉地说。

我决心前往。

翌日是个雨天,我们到立山脚下集合,首先听将校们训话。

"战争必胜。"

他这样开头。

"战争必胜,不过,大家只有遵照命令行事,战争才会顺利,否则,结果就会和冲绳一样。已经布置的工作,希望务必做好。还有,这座山上也可能混入间谍,要互相注意。不一会儿大家就要和军队一样进入阵地工作,阵地的情况,绝对不可对外人谈起,务请充分注意。"

山间雨雾迷濛。男男女女近五百名队员站在雨里聆听训话。队员中夹杂着国民学校的男女学生,一个个都哭丧着脸。雨水透过我的雨衣濡湿了上衣,不久又浸润到皮肤上来了。

那天一整天都是用草筐挑土,在回家的电车上我止不住泪流潸潸。接下来一天是拎着绳索打夯。这是我最感兴趣的工作。

三番两次进山，渐渐地，国民学校的男生们一看见我就挤眉弄眼。一次，我正挑土，两三个男生和我交肩而过，只听其中一人低声说：

"那丫头是间谍吧？"

我很惊讶，于是便问和我一道挑土的年轻姑娘。

"因为你像外国人。"

年轻姑娘认真地回答。

"你也认为我是间谍吗？"

"不。"

这回她笑了。

"我可是日本人啊。"

说罢，连我自己都觉得这话太无聊了，不由一个人吃吃地笑起来。

一个天气晴朗的日子，我一大早正和男人们一起扛原木，担任监工的青年军官，皱起眉头指着我说：

"喂，你，你，跟我来。"

说着，他快步向松林走去，我怀着不安和恐怖跟在他后

头。松林深处堆积着刚从木材厂运来的木板,那位军官走到木板前站住了,回头看着我说:

"你每天挺吃力的,今天就照看一下这些木材吧。"

他说着,露出白牙笑了。

"就站在这里吗?"

"这儿又凉快又安静,就在木板上睡午觉好了。要是闷了,还可以看看书什么的。"

他从上衣口袋掏出一册袖珍本,羞涩地扔在木板上。

"就读读这类书吧。"

袖珍本上标着《三驾马车》。

我拾起那册袖珍本小书,说道:

"谢谢你了,我家也有爱读书的人,现在在南方。"

他似乎听错了,摇着头,自言自语:

"哦,是吗?你丈夫在南方,真够苦的。"

"总之,今天你就在这里看守着,你的盒饭回头我送来,好好休息吧。"

说完,他急匆匆回去了。

我坐在木板上,阅读袖珍本小书,看了一半,那位军官又呼哧呼哧地走来了。

"我送盒饭来了,你一个人很寂寞吧?"

他把盒饭放在草地上,又疾步如飞地去了。

我吃罢盒饭,爬到木板上,躺下看书。书全部读完之后,我昏昏沉沉地开始睡午觉。

醒来时,已经是午后三点多了,我猛然想到,那位年轻的军官似乎从前在哪里见过,但一时想不起来。我从木板上下来,用手拢一拢头发,这时,脚步声又响起来了。

"呀,你今天受累了,现在可以回家啦。"

我走向那位军官,将袖珍本小书还给他,想表示一下感谢,可是一时说不出口,只是默默仰望着军官的面孔。四目对视时,我的两眼溢出了泪水。同时,那位军官的眼里也闪着晶莹的泪光。

两个人默默分别了,从那以后,我再也没有在工地上见过那位年轻的军官。我也只是那天轻松过那么一回,此后仍然隔日到立川的后山出苦力。母亲很担心我的身体,可我身板儿反而变结实了,甚至满怀信心,打算暗地里做基建工赚钱;对于田里的农活也不感到特别犯难了。

关于战争,虽说既不想提也不愿听,但还是作为自身"宝贵的经验"谈出来了。不过,我对战争的回忆多少要谈的也就是这些，就像那首小诗所说的：

> 去年，平安无事。
> 前年，平安无事。
> 在那以前，也平安无事。

至今傻乎乎保留在我身边的，就只剩一双下地的白粗布袜子，一切都变得难以捉摸。

由下地袜子说了些废话，扯远了。可是，我就是穿着战争唯一的纪念品——白粗布袜子，每天下地干活儿，心里充满不安和焦躁。这时候，母亲明显地一天天衰弱下去了。

蛇蛋。

火灾。

打那时起，母亲眼见着变成个病人了。然而，我却相反，感到自己越来越像个粗野而卑贱的女子。我总觉得我打母亲那里不断吸取了生气，渐渐养肥了身子。

失火的时候，母亲只说了"木柴本来就是点火用的"这句玩笑话，从那以后，再也不提失火的事了，反而不断安慰我，但母亲内心里所受到的打击肯定比我大十倍。发生那场火灾之后，母亲经常在夜里呻吟，刮大风的夜晚，她装着去厕所，半夜里不断离开被窝在家里巡视一遍。而且，她的脸色总显得黯淡无光，走起路来也日渐吃力了。母亲以前说过，要下地帮我干活儿，我曾劝止过她，可她还是用大水桶从井畔打来五六桶水浇地。第二天，她说肩膀酸疼，喘不过气来，整整躺了一天。从那之后，看样子她对田间劳动真的死心了，虽然有时会到地里来，也只是呆呆地看着我干活儿罢了。

"听说喜欢夏花的人会死在夏天，是真的吗？"

今天母亲又来盯着我干农活儿，突然发问道。我默默地给茄子浇水，可不是，眼下已是初夏了。

"我喜欢合欢，可这院子里一棵也没有。"

母亲又沉静地说。

"不是有很多夹竹桃吗？"

我特地用冷冷的口气回应她。

"我讨厌那种花，夏天的花我几乎都喜欢，可是那种花太浪荡了。"

"我喜欢玫瑰，不过，它四季都开放，所以，喜欢玫瑰的人，春天死，夏天死，秋天死，冬天死，一年要死四次，是吗？"

两人都笑了。

"不歇会儿吗？"母亲依旧笑着说，"今天想同和子商量一件事儿。"

"什么事儿？要是谈死，我可不要听。"

我跟在母亲身后，走到藤架下，并肩坐在凳子上。藤花已经凋谢，午后和暖的阳光透过叶片落在我们的膝头，我们的两膝浸染在绿色里。

"这件事儿很早就想听听你的意思，不过，总想找个好时机，两人都很高兴的时候再商量。这到底不是一件好事情啊。今天不知为什么，我总感到还是早说为妙。好吧，你就耐着性子听我说完。其实啊，直治还活着。"

我使劲儿缩起身子。

"五六天前，和田舅舅来信了，以前从舅舅的公司退职的一个人，最近从南方复员回家了，他来探望舅舅。当时，他们天南海北无所不谈，最后，那人冷不丁提到他和直治在一个部队，还说到直治平安无事，很快就要复员回来。不过，唉，令人头疼的是，据那人说，直治似乎深深中了鸦片毒……"

"又来啦!"

我像喝了苦药,歪斜着嘴角。直治读高中时,模仿一位小说家,中了麻药毒,欠了药店老大一笔钱。为了向药店还债,母亲整整花了两年工夫才全部付清。

"是的,又重新开始啦。可是,听那人说,不戒掉毒瘾是不许复员的,所以肯定治愈之后才能回来。舅舅信上说,即使治好病回家来,这种令人放心不下的主儿,也不可能很快让他到某个单位上班去。当下,在如此混乱的东京工作,即使是正常的人,也会多多少少变得心情狂躁起来,何况又是个刚刚戒毒的半拉子病人,说不定很快就会发疯,谁知道会惹出什么乱子来?所以,直治回来后,要立即把他带到伊豆山庄来,哪儿也不去,让他安心在这里静养为好。这是一。还有,啊,关于和子你,舅舅也嘱咐到了。按舅舅的说法,我们的钱,一个子儿也没有了。什么存款冻结啦,要缴纳财产税啦,舅舅不能像以往那样给我们寄钱来,照顾我们了。这样直治回来后,妈妈我、直治、和子三个人一道儿过日子,必须拼命吃苦才行。趁现在,和子还是及早嫁人或者找个奉公的人家为好,舅舅这样吩咐了一番。"

"奉公的人家,是去做使女吗?"

"不，舅舅的意思，喏，是去那个驹场家。"

母亲举出某皇族的姓名。

"那位皇族和我们一直保有血缘关系。既兼任公主小姐的家庭教师，又操持家务，这样和子也不会感到寂寞、单调，舅舅说。"

"再没别的混饭的路子了吗？"

"舅舅说了，别的职业都不适合和子。"

"为什么不适合？啊，为什么不适合？"

母亲只是凄凉地微笑，再也不想回答什么。

"我讨厌，我不干！"

自己也觉得说走了嘴，可就是止不住。

"我，就穿着这双下地的袜子，这双下地的袜子……"

我说着说着流泪了，不由"哇"地大哭起来。我扬起脸，用手背抹了一下眼泪，面对着母亲，心里虽然想不能这样，不能这样，但言语同肉体毫无关系，依然无意识地滔滔流出。

"妈妈不是说过吗？因为有和子，因为有和子陪伴，妈妈才来伊豆的，您不是说了吗？没有和子就去死。所以，正因为这样，和子我哪儿也不去，就守在妈妈身边，穿着这双下地的袜子，种植好吃的蔬菜，我心中想的只有这个。可是，您一听说直治要回来，就立刻嫌弃我，叫我去做公主小姐的什么使女。太过分啦！太过分啦！"

我自己也觉得越说越走嘴，可是语言就像别的生物一样，怎么也控制不住。

"变穷了，没钱了，不是可以卖掉我们的衣服吗？不是可以卖掉这座宅子吗？至于我，什么都能干。即便是村公所的女职员什么的，我也能胜任。村公所不肯用我，还可以去干基建工嘛。穷，有什么了不起。只要妈妈爱我，我这一辈子都想待在亲娘身旁。比起我来，妈妈更爱直治，对吗？那我走，我出去！本来，我和直治性格不合，三个人住在一起，谁都觉得不幸。过去，长期以来，我同妈妈两个住在一起，我已经没有什么可留恋的了。今后，直治同妈妈娘儿俩生活在一起，这样一来，直治可以好好尽孝心服侍您了。我已经够了，过去的生活使我厌倦。我走，今天马上就离开这个家。我有我去的地方。"

我站起身子。

"和子！"

母亲声色俱厉，脸上充满威严的神情，这是我从未见过

45

的。她猛地站起身子，面向着我，而且个头儿显得比我稍高一些。

我立即想对母亲说一声"对不起"，但怎么也说不出来，反而引来了另外一段话。

"我受骗啦，妈妈欺骗了我。直治没回来之前利用我，我是妈妈的使女。不需要了，就把我送到皇族家去。"

我哇哇地号啕大哭，原地站着不动，只是一个劲儿地啼哭。

"你呀，真傻。"

母亲压低嗓门说，声音里含着怒气。

我扬起了脸，仍然不顾一切地随意倾吐：

"不错，我是傻，因为傻，才被您骗了；因为傻，您才嫌弃我。还是没有我才好，对吗？穷，到底怎么回事？钱，又是怎么回事？我完全不懂。我只相信爱，相信妈妈的爱，靠着这个，我才活下来的。"

母亲蓦地背过脸去，她哭了！我很想对母亲道一声"对不起"，紧紧抱住她不放，因为在田里干活儿，手弄脏了，我微微觉察到一点，却故意装傻，说道：

"只要没有我就行了，对吗？那我走，我有我去的地方。"

我一阵小跑，跑到浴室里，一边抽抽嗒嗒地哭，一边洗净手脚，然后到房间换上洋装，这期间，依然哇哇地高声哭喊，哭得死去活来。我还想尽量大哭大闹一番，于是跑进楼上西式房间，一头栽倒在床上，用毛毯裹着头，哭得像个泪人儿一般。这期间，我脑子渐渐模糊，逐渐思念起一个人来。越是思念，越是想见到他，很想听听他的声音，于是，两只脚心犹如经热灸一般发烫。我一直强忍着，生出了一种特殊的心情。

临近傍晚，母亲轻轻走进二楼的西式房间，"啪"地扭亮电灯，来到床边。

"和子。"

她十分亲切地叫了一声。

"哎。"

我起身坐在床沿上，用两手撩一撩头发，望望母亲的脸，嘿嘿笑了。

母亲也幽幽地笑了，然后，身子深深陷在窗户下边的沙发里。

"我平生第一次违背了和田舅舅的嘱咐……妈妈呀，刚才给舅舅写了回信,告诉他,我家孩子的事情就交给我吧。和子,我们把和服卖了吧。娘儿俩的和服统统卖掉,下决心花一笔钱,舒舒服服地过日子。我不想让你再下地干农活了。我们可以买高档蔬菜吃。每天到地里出苦力,对于你不合适。"

其实,我每天下地干活儿,确实有些吃不消。刚才那样大喊大叫地哭闹一番,也是因为田里的活儿太累,满肚子委屈无处发泄,心中充满怨恨和焦躁的缘故。

我坐在床上,低头不语。

"和子。"

"哎。"

"你说你有去的地方,是哪里啊?"

我意识到我的脸红了,红到了脖根。

"是细田君吗?"

我闷声不语。

母亲深深叹了口气。

"可以说说过去的事吗?"

"请说。"

我小声地说。

"你离开山木家,回到西片町自己家的时候,妈妈没有责备你一句,可当时我说了这样的话:妈妈被你背叛了。还记得吗?当时你听罢哭了……我也觉得'背叛'这个词儿用得不当。这事儿怪我不好……"

但是,当时母亲这么一说,我感到很难得,是因为高兴才哭的呀。

"妈妈那时说你背叛,不是指你离开山木家这件事。山木君说了,和子实际上和细田相好。当时他这么一说,我意识到我的脸色变了。细田君很早就有老婆孩子,你为何要喜欢他呢?这种事儿怎么行呢?……"

"什么相好不相好的,太过分了,山木君只会胡乱编排人。"

"是这样?真的吗?你不再继续想着细田君了,对吗?那么,你说你有去的地方,是指哪儿呀?"

"反正不是细田君那儿。"

"是吗?那么是哪儿呢?"

"妈妈,我近来在思考一件事情,人和动物最大的差别是什么呢?语言、智慧、思想、社会秩序,这些虽然有程度的差别,但其他动物不是也都具备吗?动物说不定也有信仰。人以'万物之灵长'自居，其实和其他动物并没有什么本质上的差别，您说对吗？不过，妈妈，倒是有一点，恐怕您不知道，其他动物绝对没有而人类独有的东西，那就是秘密，是不是？"

母亲有些脸红了，她笑得很美。

"啊，和子你那个秘密，可以给我一个好结果就好了。妈妈呀，每天早晨都在你爸爸灵前为和子祈求幸福。"

我的心头倏忽掠过一缕回忆：我和父亲在那须野[1]兜风，中途下车，当时原野上的秋色又浮现在心中。胡枝子、龙胆草、女郎花等，秋天的花草盛开了，野葡萄的果实还是青青的颜色。

后来，我和父亲乘摩托艇在琵琶湖[2]游览。我跳进水里，栖息在水藻中的小鱼撞着我的脚心，湖底清晰地映照着我的两腿的影子，不停地晃悠着。那时候的情景，前后毫无关联，却忽而浮现于心中，忽而又消失了。

我从床上滑下来，抱住母亲的膝盖，这才开了口：

"妈妈，刚才对不起您。"

---

1 栃木县北部、那须岳南方的原野。
2 日本第一大湖，位于滋贺县中央，面积670.5平方公里。

细想想,那些天正是我们幸福的火花最后的闪光,其后,直治从南方复员回家,我们真正的地狱般的生活开始了。

三

　　心里老想着，再怎么着也是活不下去了，或是一种不安的感情吧，像痛苦的波浪一般在我的心头翻腾，犹如白云急匆匆飞过骤雨初歇的天空，弄得我心脏时而紧缩，时而舒缓。我的脉搏停滞了，呼吸稀薄了，眼前模糊、黯淡，我感到浑身的气力从手指尖儿一下子漏光了。我再不能继续编织毛衣了。

　　近来一直阴天下雨，不管做什么心里都很忧郁。今天，我搬了一张藤椅坐在廊缘下织毛衣。这是今年春天编了一半，中途撂下来的。毛线是浅色的朦胧的牡丹紫，打算再添加些宝蓝色的毛线，织成一件毛衣。这团牡丹紫毛线，原是二十年前我读初等科时，母亲买来为我编织围巾的。我把围巾的一端当作头巾裹在头上，对着镜子一照，像个小鬼似的。围巾的颜色和其他同学围巾的颜色大不一样，我实在不喜欢。一位关西高额纳税者家庭出身的同学，用一副大人腔夸赞我："好漂亮的围巾！"于是，我更加感到难为情，从那以后再也没有用过这条围巾，一直扔在那里没管。今春，我本着废物利用的意思，着手拆了改织一件我的毛衣。可我还是不喜欢这种朦胧的色调，织了一阵子又扔下了。今天颇为无聊，忽地拿出来，姑且继续编织下去吧。不过，织着织着，我发觉这种浅色的牡丹紫毛线，同晦暗的雨空融汇在一起，产生了一种难以形容的轻柔而温馨的色感。我不懂得costume[1]必须同天空的颜色调和一致。我对这么重要的事情一概不知。调和，是多么美丽而高雅的事啊！这是一种略略令人感到迷惘的形式。晦暗的雨空和浅淡的牡丹紫的毛线，组合在一起，双方同时洋溢着青春的活力。手中的毛线迅速变得蓬松、温暖，就连寒冷的雨空也像天鹅绒似的柔和起来，

1　女性套装。

而且，使人联想到莫奈[1]那幅雾中寺院的绘画。我借助毛线的色感，觉得开始体悟了goût这个词儿的含义——高尚的情趣。母亲深知这种浅色的牡丹紫和冬季的雪天将会达到多么完美的调和，所以才特别为我挑选的，而我却愚蠢地加以厌弃。但是，母亲并不强制作为孩子的我，而是等着我自己喜欢。就这样，一直等了二十年，等到我真正喜欢这种美丽的颜色为止。其间，她对这种颜色从未做过一个字的说明，只是默默装作无所谓的样子等待着。我越发深深感到母亲的可爱。同时，想到这位可爱的母亲，在我和直治两人的折磨下，会不会愈加痛苦、衰弱，以至于死去呢？我的心头蓦地涌出一种难以承受的恐怖和担心，越想越觉得前途尽是可怖的厄运。我陷入不安，感到再也活不下去了。手指头失去力量，我将竹针置于膝头，深深叹了口气，仰起头，闭上眼睛。

"妈妈！"

我不由叫了一声。

母亲好像坐在客厅一隅的桌子边看书。

"什么事？"

1　Claude Monet（1840—1926），法国画家，印象派创始人之一。代表作有《睡莲》《鲁昂大教堂》《帆船》和《花园里的女人们》等。

她有些不解地应道。

我一时迟疑起来，紧接着大声地说：

"玫瑰终于开花了。妈妈，您知道吗？我刚才看见了。终于开花啦！"

那是紧挨客厅廊缘的玫瑰，是和田舅舅过去从法国还是英国，一时记不起来了，总之是打很远的地方带来的，两三个月前，舅舅将玫瑰移栽到这座山庄来了。今天早晨，我明明看到好不容易开了一朵花，但我有意瞒着，装作刚刚发觉似的，大肆嚷嚷了一气。花朵呈现浓紫色，凛凛然高傲而又强健。

"我知道了。"

母亲沉静地说。

"对于你来说，这种事儿显得特别重要啊。"

"也许是吧，您觉得可怜吗？"

"不，我只是说你有这份心思。你不是喜欢在厨房的火柴盒上贴列那狐的画，或者制作小偶人手帕吗？况且，即便是院子里的玫瑰花，一听你说起来，也仿佛是在谈论一个大活人呢。"

"因为我没有孩子嘛。"

这话我自己完全没有意识到就脱口而出了,说过了才大吃一惊,很难为情地揉弄着膝头的毛衣。

——都二十九了呀!

说这话的人的声音,仿佛是令人麻酥酥的男低音,在电话里听得十分清晰。我一时羞愧难当,脸上热辣辣地像着了火。

母亲什么也没说,又开始看书了。母亲近来戴上了纱布口罩,也许是这个缘故,最近很少说话了。那口罩是她听了直治的规劝戴上的。直治十天前,带着一副青黄的面孔,从南方回来了。

没有任何预告,夏天的傍晚,他从后门走进院子。

"哇,好惨,这么一座没情趣的宅子,干脆贴上'来来轩,出售烧卖'的广告好了。"

这是我第一眼看到直治时,直治给我的见面礼。

在这之前的两三天,母亲患舌病一直躺着。舌尖儿看起来没有任何异样,可是动一动就疼得受不了。吃饭时只能喝点儿稀粥。我提议去看医生,她只是摇头。

"要被人取笑的。"

母亲苦笑着说。我给她涂了紫药水,一点儿也不见效,我真有些焦躁不安了。

这当儿，直治复员回家了。

直治坐在母亲的枕头边，"我回来了。"他说着鞠了个躬，随即又站起来，在小小的宅子里各处巡视了一圈儿。我跟在他后头问：

"怎么样？母亲有变化吗？"

"变了，变了，憔悴多了，不如早点儿死了好。在这世上，像妈妈这号人，是很难生存的。太可怜了，叫人不忍看下去。"

"我呢？"

"变庸俗了，看样子，像是有两三个男人了。有酒吗？今晚上要喝个痛快。"

我去村中唯一一家旅馆，对老板娘阿笑说，弟弟复员回家来了，请卖些酒给我。可阿笑说，酒刚刚不巧卖光了。回家后给直治一说，直治带着一副像从未见过面的陌生人般的表情。

"嗨，真不会办事儿。"他向我打听了旅馆的地址，换上庭院里的木屐，一溜烟跑去了。这一出去，等了半天都不回来。我做了直治爱吃的烤苹果和蒸鸡蛋等菜肴，把餐厅的电灯换上更亮堂的灯泡，一直等他归来。这时，阿笑的脸在后门口闪了一下。

"喂，喂，可以吗？他在喝烧酒呢。"

她那鲤鱼般的圆眼睁得更大了，像遇见什么大事似的压低了嗓门。

"你说烧酒，是那种甲醇吗？"

"不是，不是甲醇。"

"喝了不会生病吧？"

"是的，不过……"

"那就让他喝吧。"

阿笑像咽了口唾沫，点点头回去了。

我走到母亲身旁，对她说：

"在阿笑店里喝酒呢。"

母亲听罢，微微撇撇嘴笑了。

"是吗，也许鸦片戒掉了。你呀，快些吃饭吧。今天晚上，我们娘仨就睡在这间房子里，把直治的被褥铺在中间。"

我心里直想哭。

深夜，直治步子踏得山响回来了。我们一起睡在客厅里，三个人共支一顶蚊帐。

"讲讲南方的故事给妈妈听？"

我说。

"没意思，没意思。我全忘了。到了日本乘上火车，看到车窗外的水田实在漂亮。就是这些。熄灯吧，我睡不着啊。"

我关上电灯。夏夜的月光像洪水涨满了蚊帐。

翌日早晨，直治趴在被窝里，一面吸烟一面眺望远方的海面。

"妈妈舌头疼吗？"

从他的口气里我似乎感觉到，他这时候才想起母亲的病情。

母亲只是幽幽地笑着。

"这种病，肯定是心理原因。您夜间张着嘴睡觉了吧？太不像话啦。戴上口罩吧，将利凡诺药水浸过的纱布裹在口罩里。"

我听罢"噗嗤"笑了。

"这是哪家的疗法呀？"

"这叫美学疗法。"

"不过，妈妈肯定不愿意带口罩。"

不仅口罩，妈妈也非常讨厌眼罩、眼镜这类脸部的附属品。

"哎，妈妈，您肯带口罩吗？"我问。

"我戴。"

母亲认真地低声回答。我心中一震，直治的话她似乎是绝对相信的。

吃罢早饭，我按照刚才直治所说的，将纱布浸上利凡诺杀菌药，做成口罩，拿到母亲身旁。母亲默默接过去，照旧躺在被窝里，顺从地将口罩带儿挂在两边的耳朵上。那样子酷似一个小女孩儿，我心里一阵难过。

过午，直治说要去东京看望朋友和教过他文学的老师，换上西装，向母亲要了两千元钱，出发去东京了。自那之后快十天了，直治一直没有回家。母亲每天戴着口罩，盼着直治回来。

"利凡诺真是好药，一戴上这种口罩，舌头的疼痛就消失了。"

母亲笑着说。可是我却一直认为母亲在说谎，她虽说没事了，目前也起来了，但仍然没胃口，也很少言语，这些我都注意到了。直治在东京干什么呢，他肯定和那位小说家上原先生一起漫游东京，陶醉于东京发狂的漩涡里吧？我越想越苦恼，才没头没脑地向母亲报知玫瑰开花的消息，又出乎意料地扯到自己没有孩子，越说越走嘴了，这才"啊"地一声站起身子。我心神不定，也不知该到哪里去，昏昏然登上楼梯，走进楼上的西式房间。

这里今后就成为直治的房间了。四五天前，我同母亲商量之后，请下边农家的中井前来帮忙，将直治的衣橱、书桌，还有塞满书籍、日记簿等杂物的五六只木箱子，总之，包括西片町老家直治房间的全部东西都搬到这里来了。等直治从东京回来之后，可以按照他的喜好将衣橱和书箱等放在适当的位置，目前暂时先堆在这里为好。房里一派散乱，连个下脚的地儿都没有。我若无其事地顺手从木箱里抽出一册直治的日记簿，瞥见封皮上标着《葫芦花日志》，记满了以下事情，这是直治因麻药中毒而痛苦不堪那些日子的手记。

活活烧死的感觉。即便痛苦，也不能喊出一言半语。古来，未曾有过。自从有了这世界以来，史无前例。如此无底地狱的情景马虎不得。

思想？谎言。主义？谎言。理想？谎言。秩序？谎言。诚实？真理？纯粹？都是谎言。牛岛之

藤[1]，号称树龄千年，熊野之藤[2]，号称数百年，其花穗，前者最长九尺，后者据闻五尺余，仅其花穗，令人鼓舞。

彼亦人之子，他活着。

论理，毕竟是对论理的爱。不是对活着的人的爱。

遇到金钱和女人，论理怯怯而退。

历史、哲学、教育、宗教、法律、政治、经济、社会，较之这些学问，一个处女的微笑更为可贵。此乃浮士德博士勇敢的实证。

所谓学问，只是虚荣的别名。人，努力不使自己成为人。

我向歌德起誓，任何精巧的诗文均可作出。全篇结构无误，适度的滑稽，令读者酸目的悲哀。或者严肃，所谓正襟危坐，面对完美的小说琅琅阅读之，犹如银幕的解说词，实在难为情，此种小说作

---

[1] 埼玉县春日部市东部牛岛生长的藤子，特别天然的纪念物。
[2] 静冈县磐田郡丰田町星兴寺的藤子，天然纪念物。能乐《熊野》中的模特儿、平宗盛的爱妾熊野的墓位于该寺，故称熊野之藤。

得出来吗？如此的杰作意识实在卑琐。正襟危坐读小说，乃狂人所为。若此，则必须穿礼服大褂方可为也。好的作品并非装腔作势而写成。我只是想看到朋友发自内心的欢乐的笑脸，将一篇小说故意写得很糟，摔个屁股墩儿抱头鼠窜。啊，当时朋友的脸上简直乐开了花！

作文不成，做人不成之风情，吹吹玩具喇叭给人听听，此乃日本头号傻瓜。你尚好，但愿你健康常在，此种爱情究竟是什么？

朋友，扬扬自得地讲述：那就是那家伙的恶癖，很可惜啊！全然不懂被爱的滋味。

有无并非属于不良的人物呢？

无味的发想。

想有钱。

否则，

就睡着死去。

药店有近于千元的欠债。今天悄悄将当铺老板带到家里，走进我的卧室。问他这屋里有无值钱的物件可供典当，有就拿走，我急需用钱。老板约略环顾一下屋内，说："算了吧，又不是你的家具。"我故意逞强地说："那好，就把我过去用零钱买的东西拿去吧。"说罢收集了一些破烂货，可是一件可典当的也没有。

首先是一只胳膊的石膏像。这是维纳斯的右臂。大丽花似的右臂，雪白的右臂。只放在一个台座上。但仔细观看，这维纳斯在男人的眼里则是全裸的，她惊讶之余含羞旋转，裸体蓦地变成薄红色，扭动着灼热的身子。这种手势遂将维纳斯气绝般的裸体的羞涩，依靠着指尖无指纹、手掌无青筋的纯白娇嫩之右手，那种哀伤之情看了使人满心惆怅。然而，这到底是一件非实用的破烂。老板只付了五十文钱。

其他，巴黎近郊的大地图、直径近一尺的赛璐珞陀螺、写出细丝般小字的特制笔尖，无一不是作为古董搜购而来，可老板笑着打算告辞。"等等！"我留住他，结果让老板背走一大包书，收他五元。我书架上的书大都是袖珍本，而且都是从旧书店买的，估价自然便宜。

想解决千元的借款，结果只得了五元。我于这世界的实力大致如此。这可不是笑话。

颓废？但不这样就无法活下去。比起拿这类事非难我的人，那些当面骂我该死的人更可贵，干净利索。但很少有人骂我该死。你们这些吝啬鬼，居心叵测的伪善家！

正义？所谓阶级斗争的本质不在于此。人道？简直是笑话。我很清楚，为了自己的幸福，必须打倒对手，杀死他，宣告他："快去死吧！"否则能是什么？这一点别装糊涂了。

但是，我们的阶级当中，没有一个像样的人，尽是一些白痴、幽灵、守财奴、疯狗、牛皮大王以及站在云里撒尿的人。

就连叫他们"去死吧"，他们都配不上。

战争，日本的战争，简直是自取灭亡。

我不愿卷进自取灭亡之中而死，我只想一个人单独而死。

人在撒谎时必定装出假正经，请看最近那些领袖们一副煞有介事的样子，呸！

不愿受到尊重的人，我想与之同游。
不过，这样的好人不愿同我为伍。

我如果装作早熟，人们就会宣扬我早熟。我装作懒汉，人们就传说我懒汉。我装作不会写小说，人们就会说我不会写小说。我装作撒谎，人们就说我爱撒谎。我装作富豪，人们就以为我是富豪。我装作冷淡，人们就说我是个冷淡的家伙。但是，当我真的在受苦，不由发出呻吟的时候，人们就说我假装痛苦。

总是格格不入。

结果，除了自杀，还能有什么作为呢？
如此痛苦，只有自杀才可了结。想到这里，我放声大哭。

春天的早晨，阳光照耀在开着两三朵梅花的枝头上，据说这根树枝上有个叫海德尔堡的青年学生吊死了。

"妈妈，请斥骂我吧！"
"怎么骂呢？"
"就骂：胆小鬼！"
"是吗？胆小鬼……已经可以了吗？"
母亲是无与伦比的好人，想到母亲就想哭。为了向母亲忏悔，就只有死。

请原谅我吧。如今，就请原谅我一次吧。

年年岁岁啊，
盲目的小鹤长大了，
肥嘟嘟的，好可爱呢。（元旦试笔）

吗啡、阿托罗莫尔、纳尔科蓬、潘得本、巴比纳尔、盘欧品、阿托品。[1]

Pride[2]是什么？何谓pride？

人呀，不，男人不以为（我很优秀）（我有好多优点），就不能生存下去吗？

厌恶他人，又为他人所厌恶。

互相斗智。

严肃＝迂执

总之，人活着，肯定要耍弄骗人的手段。

一封要求借钱的来信。

"请回信，

请一定回信。

而且，一定是好消息。

我设想着好多屈辱，一个人呻吟起来。

---

[1] 皆为作用于精神方面的药物。
[2] 自尊心。

这不是做戏，绝对不是。

拜托了。

我将羞愧致死。

这不是夸张。

每天每天，我都在盼你回信，不分昼夜，一个劲儿颤抖。

不要让我吃沙子。

墙那边传来窃笑声，夜深了，我在床上辗转反侧。

不要让我受侮辱了。

姐姐！

读到这里，我合上那本《葫芦花日志》，放回书箱，然后走到窗边，打开窗户，俯瞰着雨雾迷蒙的庭院，回忆起当时的情景。

那是六年前了，当时直治的麻药中毒事件是我离婚的一个原因。不，不能这么说，我的离婚，即使没有直治麻药中毒这件事，也会借助别的因素而发生。我觉得这是我生命中早晚注定要发生的事情。直治无力偿还药店的债务，经常缠着我要钱。那时，我刚嫁到山木家，手里没有多少可以任意支配的钱财。再说，利用婆家的金钱周济娘家的弟弟花销，这种做法一般也为人所不齿。因此，我便和陪我过门的伴娘阿关商量，变卖了我的手镯、项链和礼裙。弟弟寄信来要钱，他在信中写道：

现在深感苦恼和羞愧，实在没脸见姐姐，也没有勇气打电话。钱可以托付阿关直接送到小说家上原二郎先生那里去，姐姐也许知道他的名字吧，他住在京桥某街某条的茅野公寓。上原先生名声不太好，社会上都以为他品行堕落，其实他绝不是那种人，你只管放心好了。这样一来，上原先生就会立即打电话通知我的，请一定照我的话办理。我这次中毒，不能让妈妈知道，趁着妈妈不知道的时候，千方百计将毒瘾戒掉。这回得到姐姐的这笔钱，就能全部还清药店的欠款，然后去盐原别墅，恢复健康之后再回来。这是真的。药店的账一旦还清，我将当机立断同麻药绝缘，我对神发誓，请相信我吧。一定要瞒着妈妈，叫阿关直接交给茅野公寓的上原先生，拜托了。

我按照他信上的指点，叫阿关带了钱，偷偷送到上原先生居住的公寓去。弟弟信中的发誓全是谎言，他没有去盐原别墅，看来药物中毒是越来越深了。他写信来缠着我要钱，苦苦哀求，近乎哭诉，赌咒发誓，令人不忍卒读。说是要戒毒，也许又是欺骗。但我还是叫阿关卖掉了首饰，把钱送到上原先生的公寓去了。

"那个上原先生，是个怎样的人呢？"

"身个儿矮小，脸色青黄，对人似乎很冷漠。"阿关回答。

"不过，他很少待在公寓里，平时只有夫人和一个六七岁的小女孩两个人在家。这位夫人虽说不怎么漂亮，但态度温和，待人接物很有教养，钱交给她是完全可以放心的。"

那时的我同现在的我比起来，不，简直无法相比，完全是另一个人，稀里糊涂，傻里傻气。但尽管如此，弟弟三番五次老来要钱，而且数目越来越大，我着实担心得很。一天，我看能乐剧[1]回来，在银座先让汽车回去，一个人独自去拜访京桥的茅野公寓。

---

1 运用假面具表演的古典戏剧。

上原先生一个人待在屋子里读报，他身穿条纹夹衫和碎白花外褂，既像老人，又像青年，以前从未见过这种怪兽似的男人。这就是他最初给我留下的奇特的印象。

"老婆刚才和孩子一起去领配给的东西了。"

他说话带着鼻音，时断时续的。看来，他把我当成他太太的朋友了。我对他说我是直治的姐姐，上原先生一听笑出声来。不知为何，我心里犯起了嘀咕。

"出去谈吧。"

说着，他早已披上短袖外套，从木屐箱里找出一双崭新的木屐穿上，立即带头沿着走廊迈开步子。

初冬的傍晚，风很凉，仿佛是打隅田川河面吹来的河风。上原先生稍稍耸起右肩，像是顶着那股河风似的，只顾默默奔着筑地方向走去。我一路小跑跟在后头。

我们进入东京剧场后面一座大楼的地下室，四五堆客人，坐在二十铺席左右的狭长的房间里，各自围在桌子边，安安静静地喝酒。

上原先生先要了一杯酒喝了，接着他也为我要了一杯，劝我喝。我连连喝了两杯，一点也没有感觉。

上原先生喝酒，抽烟，一直沉默不语，我也闷声不响。

这是有生以来头一回，可我很沉静，心情挺自在。

"要是喝点酒就好了。"

"哎？"

"不，我是说你弟弟，要是兴趣放在酒上就好了。我呀，过去也有过麻药中毒的事，人们觉得很可怕，其实那和饮酒是一样的，不过人们对饮酒却特别宽容。使你弟弟变成个酒鬼就好了，怎么样？"

"我也见到过酒鬼。过新年的时候，我正要外出，家里司机的一位朋友，躺卧在在助手席上，鬼一般满脸通红，呼呼大睡。我吓得惊叫了一声，司机对我说，这是个酒鬼，拿他没办法。我那时第一次见到酒鬼，真有意思。"

"我也是酒鬼。"

"哎呀，是吗，不对吧？"

"你也是酒鬼。"

"没有的事，我只是见到过酒鬼，那是完全不一样的。"上原先生这才快活地笑了起来，"所以嘛，你弟弟也许成不了酒鬼。总之，喜欢喝酒，就好。回去吧，太晚了，你不方便吧？"

"不，没关系的。"

"不行,这地方太狭小了。老板娘,结账啦。"

"很贵吗?少量的话,我也付得起。"

"是吗?那好,就由你付吧。"

"我也许不够呢。"

我看看手提包,告诉上原先生有多少钱。

"这么些钱,够喝上两三家的,你真会耍我。"

上原先生皱起眉头说,接着又笑了。

"还打算到哪家酒馆去呢?"我问道。

他认真地摇摇头。

"不用,已经够多的了。我给你叫辆出租车,回家吧。"

我们登上地下室黑暗的阶梯,上原先生比我先行一步,走到阶梯中央,突然转过身子,迅速地亲吻我,我紧闭双唇,接受了他的吻。

我并不怎么喜欢上原先生,不过从那时候起,我便有了这个"秘密"。上原先生"嘎达嘎达"地跑上了阶梯,我满怀一种奇异的明朗的心情,慢慢登上阶梯,来到外面,和风吹拂着面颊,心情十分舒畅。

上原先生为我叫了出租车,我们默默地分别了。

车子摇摇晃晃地跑着，我感到世界立即变得像大海一般广阔。

"我有情人啊。"

有一天，我受到丈夫的申斥，心里很烦闷，突然冒出了这么一句。

"我知道，是细田君吧？你怎么也下不了决心吗？"

我闷声不响。

我们夫妻间每逢有什么不痛快的事，总要搬出这个话题。看来，这实在无可挽回了。就像做衣服剪裁错了料子，是怎么也缝不到一起去的，只好全部废弃，另外重新剪裁新的料子。

"莫非你肚里的孩子……"

一天晚上，丈夫这样说。我感到太可怕了，浑身不住打哆嗦。现在想想，我，丈夫，都还年轻。我也不懂什么叫情，什么叫爱。我很喜欢细田君画的画，心想要是能做他的妻子，将会创造多么美好的生活。假如不能同那样有情趣的人结婚，那么结婚就将毫无意义。我逢人就这么说，因而遭到大伙儿的误解。尽管这样，我依然不懂得情，不懂得爱，但是，却公然宣称喜欢细田，又不肯声明取消。这就惹出了是非，连肚子里的小娃娃，都成了丈夫怀疑的对象。尽管我们谁也没有公开提出离婚，但不知不觉，周围的人都对我冷眼相待了。于是，我只好同我的伴娘阿关回到娘家。不久，孩子生下来是死胎，我大病一场，卧床不起，同山木家的关系也就此完结了。

直治在我离婚这件事情上，似乎也察觉了自己的责任，他声言要寻死，随之号啕大哭起来，眼睛都哭肿了。我问弟弟还欠药店多少债，弟弟说出的金额实在吓人。不过，我后来才知道，弟弟不敢说出真实的金额，他所说的数字是假的，已经弄明白的实际的金额，几乎接近当时弟弟告诉我的金额的三倍。

"我见到上原先生了，他是个好人。今后你就和上原先生喝喝酒什么的玩玩吧，怎么样？酒不是很便宜吗？酒钱我随时可以供给你。药店的账不用担心，反正我会想办法的。"

我告诉弟弟见到了上原先生，又夸他是个好人，这似乎使弟弟非常高兴，当晚他接到我的钱，就去找上原先生玩乐去了。

中毒，说不定是一种精神病症。我表扬了上原先生，又从弟弟那里借来上原先生的著作阅读，称赞他是个了不起的人物。弟弟便说，姐姐哪里会知道他呢。不过，他听了还是很开心，说："那你就多看看吧。"接着，又借给我一些上原先生写的别的书。其间，我也认真地读起上原先生的小说来，姐弟两个兴致勃勃谈论有关上原先生各种传闻。弟弟每天晚上都趾高气扬地跑到上原先生那里玩乐，渐渐地按照上原先生的计划，转移到喝酒方面来了。药店的那笔账，我暗暗同母亲商量，母亲一只手捂着脸，思索了好大一会儿，之后，她扬起脸，凄然地笑了笑，说道："发愁也没有用，真不知哪年才能填满这个窟窿。不过，每月还是陆续还一些吧。"

自那之后，六年过去了。

葫芦花，啊，弟弟也真够苦的。而且，前途无路，究竟如何是好呢？恐怕他现在仍是茫然不知吧。他只是每天拼命喝酒打发日子。

干脆横下心来堕落下去，又会怎样呢？说不定反而会使弟弟变得快活些，不是吗？

"有无并非属于不良的人物呢？"那本日志上也写了。他这么一问，我仿佛感到自己、舅舅和母亲，都是不良的人物了。所谓"不良"，兴许就是善良的意思吧。

四

上原二郎先生（我的契诃夫，My Chekhof，M·C）：

究竟该不该给您写信，我犹豫了好久。今早，我蓦然想起耶稣的话："要驯良像鸽子，灵巧像蛇。"[1]于是，出奇地来了兴致，决定给您写信。我是直治的姐姐，还记得吗？要是忘了，那就好好想想吧。

近来，直治不断去打扰您，给您添麻烦，实在对不起。（其实，直治的事还是由直治自己处理的，我跟着

---

[1] 《新约全书·马太福音》第十章。

道歉，自觉很无聊。）今天我不是为着直治，而是为自己的事来求您。听直治说，京桥的公寓遭难后您搬到现在的住址来了，我很想到东京郊外的府上登门拜访，可是家母最近身体状况不太好，我不能撇下母亲不管，一个人去东京，所以才打算给您写信。

我有件事要同您商量。

我所要说的事情，若是从过去的《女大学》[1]的立场来看，也许是非常狡猾、肮脏、品质恶劣的犯罪。但是在我，不，是我们这个家，照现在这样，很难生活下去。在这个世界上，您是弟弟最尊敬的人，所以我才向您袒露我的毫无掩饰的内心，请求您多多给予指导。

现在的日子实在让我无法忍受。这不是喜欢不喜欢的事，而是说，这样下去，我们一家三口是无法活下去的。

昨天，我很痛苦，身子发烧，喘不过气来，一时不知如何是好。过了中午，下边农家的姑娘背了大米来，我照约定好的送给她一些衣物。那姑娘和我面对面坐在餐厅里喝茶，她带着一副颇为现实的口气对我说：

"光是靠变卖东西，今后能坚持多久呢？"

---

1 江户时代流传甚广的女子修养书。

"半年到一年。"我回答,抬起右手半掩着面孔,"太困了,困得受不了啦。"

"您太累了,老觉得困,或许得了神经衰弱症吧?"

"也许是的。"

我流泪了,心中泛起现实主义和浪漫主义这些词语来。对我来说,现实主义是不存在的,这样我还能活下去吗?想到这里,我浑身发冷。母亲已是半个病人,躺一会儿,起来一会儿,弟弟您是知道的,他是个心理上的大病号,待在这边的时候,他老是到附近一家兼做旅馆的饭铺喝烧酒,每三天,就要带上我变卖衣服的钱,到东京方面出差。不过,这还不是最苦恼的事,更可怕的是,我清醒地预感到,我自身的生命,将在这种寻常生活中自动消亡下去,就像芭蕉叶子尚未凋落就腐烂一样。我实在受不了了。因此,即使违背《女大学》的遗训,我也要从现实生活中逃脱出来。

因此,我想和您商量一下。

我打算最近向母亲和弟弟明确宣布,我一直爱着一个人,将来,我想作为他的情人一道生活下去。这个人你也认识,他的名字的大写字母就是M·C。我从前一有苦恼就想往M·C那里跑，我想他想得要死。

M·C和您一样，也有夫人和孩子，看来也有比我年轻、漂亮的女朋友。不过，我老觉得，除了M·C那里，再没有我的生活之路了。我虽然没见过M·C的夫人，但我听说她是个十分贤惠的女子。一想到那位夫人，我就觉得自己是个可怕的女人。但我感到我目前的生活更加可怕，我不得不去投靠M·C。我想像鸽子一般驯良，像蛇一般灵活，我要使我的爱情得以实现。但是，母亲、弟弟，还有这个世界所有的人，都不会赞成我的做法。您怎么样？总之，我除了独自打主意、独自行动之外，没有别的办法。想到这里我就热泪滚滚。因为这是我有生以来头一回遇到的事啊。这件困难的事情，难道就没办法在周围人们的祝福之中解决吗？像面对一道难解的代数因数分解题寻求答案，总觉得可以找到一个突破口，豁然开朗，一切都能迎刃而解，所以我又立即变得开朗起来了。

但是，关键是M·C，他会如何看待我呢？想到这里，我又气馁起来。论说，我是送上门的，怎么说呢，送上门的老婆，这可不好听，送上门的情妇，其实不就是这么回事吗？M·C要是实在不愿意，那也就算了。

所以，我求求您，请您问问他看。六年前的一天，我的心里升起过一道粉红色的彩虹，虽然那既不是情也不是爱，但经年累月，那彩虹越来越鲜艳、浓丽，我从来没有将它忘却。骤雨过后的晴空升起的彩虹，不久就会消失得无影无踪，可是，悬挂在心头的彩虹，似乎是不会消失的。拜托了，请您问问他吧。他对我会是怎样的看法呢？是不是也把我看作雨后天空中的彩虹呢？是不是早就瞬息即逝了呢？

果真如此，我必须消除我的彩虹，然而只有先行消灭我的革命，才能消除我心中的彩虹。

我盼望着您的回信。

我近来稍稍胖了，我想，自己与其说是个动物性的女人，不如说是个真正的人。今年夏天，只读了一本劳伦斯的小说。

M·C先生：

因为没有接到您的回信，那就再写一次信吧。上次寄去的信充满狡猾的蛇一般的奸计，都被您一一看穿了吧？的确，那封信我是绞尽脑汁，在字里行间巧布疑阵、故弄玄虚写成的。也许您认为那封信只不过意在向您哭穷，只为了索要钱财吧？我虽然不能完全否认，但是如果说我只是为了寻求自身的保护人，对不起，我是不会特别选择您的。我觉得我有许多爱护我的有钱的老人。就在前不久，有过一桩奇妙的姻缘。那人的名字您也许知道。他六十开外，是个独身的老者，听说是艺术院会员什么的。这位大师为了娶我，竟然跑到这座山庄来了。这位大师就住在我们西片町老家附近，我们本来都在一个"邻组"[1]，经常见面。有一次，记得是个秋天的黄昏，我和母亲两人乘汽车从那位大师门前经过，当时他一个人茫然地倚门而立。母亲透过车窗向那位大师点头致意，那位大师紧绷着的苍黑的脸孔猝然变得比红叶还要艳红。

"他是否动情了？"我故意打趣地说，"妈妈，他喜欢您呢。"

可是母亲却很沉着。

"不是，他是个大人物。"

---

[1] 二战时为了对民众加强统治而建立的基层地域组织，数家编为一组，负责粮食及生活必需品配给等杂务。1940年制定，1947年废止。

母亲自言自语。尊敬艺术家，似乎是我们家的家风。

那位大师早些年死了夫人，他通过一位同和田舅舅互相比赛谁对唱谣曲最内行的某位皇族人士，向我母亲提出要求，母亲要我按照自己的想法写封信，直接寄给那位大师。我也没怎么多想，只是满心的不愿意，于是不假思索地很快写了信，直截了当地告诉他：我现在还没有结婚的打算。

"可以回绝掉吗？"

"当然可以……我也觉得不太合适。"

那时候，大师住在轻井泽的别墅，我寄信到那座别墅回绝了他。第二天，信还没有到，大师却只身一人到我这里来了。他说有事要到伊豆温泉去，途中路过这里一下。至于我给他的信一概不知，就这么冒冒失失跑到山庄来了。所谓艺术家，不管多大年纪，依然像小孩子那样任性而为。

母亲因为身体不好，只有我出来接待了。我在中式房间里请他喝茶，说道：

"那封辞谢的信，这会儿也许抵达轻井泽了。我是经过认真考虑写成的。"

"是吗？"他的语调有些慌张，一边擦汗一边说，"还请您仔细再考虑一遍，我真不知道对你怎么说才好。纵然在精神上也许不能给你幸福，但在物质上不管什么样的幸福，我都可以给你。这一点可以保证。我说话可是快人快语啊！"

"您所说的那种幸福，对我来说不太容易理解。我只想谈谈我的看法，请原谅。契诃夫在给他妻子的信中写道：'生个孩子吧，生个我们的孩子吧。'尼采也在一篇文章中提到过'一个要他生孩子的女人'。我想要孩子。什么幸福，那些东西可有可无。我虽然也想有钱，但只要能养得起孩子就足够了。"

大师很诡秘地笑了，说：

"你真是个很难得的人啊，对任何人都能谈出真实的想法。和你在一起，说不定会激发我对工作的新的灵感。"

他的话和他的年龄很不相称，听了使人感到不很受用。如此伟大的艺术家对待工作，若能凭借我的力量返老还童，那肯定是一种很有意义的生活。不过，我怎么也想象不出自己被那位大师抱在怀里会是什么样子。

"我是否也可以对你没有爱心呢？"

我微笑着问。

大师一本正经地说：

"女人也可以这样，女人只要稀里糊涂过日子就成。"

"不过，像我这样的女人，没有爱心我就不会结婚。我已经是大人了，明年就三十了。"

说到这里，我不由地想捂住嘴。

三十，对于女人来说，二十九岁依然保有少女的馨香，但是，三十岁的女人身上，已经没有任何少女的馨香了。——我突然回想起从前读过的法国小说里的这段话，立即感到无尽的寂寞一起袭来，向外一看，大海沐浴着正午的阳光，像碎玻璃一样闪闪烁烁。阅读那本小说的时候，我也曾经略略给以肯定，觉得事情大致都是这样的。人生三十，能够平心静气地想到女人的生活完结了，那时的光景很令人怀念。随着手镯、项链、礼服、腰带，这些东西一一从我身上消逝，我的周身的少女的馨香也次第淡薄了。穷苦的中年妇女，啊，我不甘心。不过，中年妇女的生活中依然有着女人的生活。到这时候，我才明白过来。英国女教师回国时，曾经告诉十九岁的我，我还记得她的话：

"你呀，不能谈恋爱，你一旦恋爱，就会陷入不幸。要想恋爱，也得等长大以后。三十岁以后再谈吧。"

她即使这么说，我仍旧茫然不知。我根本无法想象，三十岁以后的我会是什么样子。

"听说你们要把这座别墅卖掉。"

大师带着一副不怀好意的神情，冷不丁地说。

我笑了。

"对不起，我想起了《樱桃园》[1]，你打算买下来吗？"

大师似乎已经敏感地觉察到了，他生气地撇了撇嘴，不吭声了。

确实有一位皇族，想把这里当住居，打算花五十万元新币将这座房子买下来，后来不了了之，大师看来听到这个传闻了。不过，他被我们当成《樱桃园》的陆伯兴，有些受不了。所以显得很不高兴，后来随便聊了几句就回去了。

我现在要求您的不是做陆伯兴，这一点是可以明确

---

[1] 俄国戏曲，四幕。契诃夫作于1903年。描写没落贵族朗涅夫斯卡娅家的樱桃园，被新兴商人企业家陆伯兴收买，建筑别墅而变卖的故事。

的。我只要求您能接受一个送上门来的中年妇女。

　　我和您初次见面，已经是六年前的往昔了。那时我对您一点也不了解，只知道您是弟弟的老师，而且是个比较坏的老师。后来一起喝酒，您不是耍了个小滑头吗？不过，我并不介意，只是莫名其妙地感到有些轻飘飘的。我对您没有什么，谈不上喜欢和讨厌。这期间，为了讨好弟弟，从他手里借来您的一些著作读了，觉得有的书有意思，有的书没有意思，我也不是个热心的读者。六年来，不知从何时起，您像迷雾一般渗透到我胸中来了。那天晚上，我们在地下室阶梯上的事，猛然之间生动而鲜明地浮现在我心里，我仿佛感到那是决定我的命运的一桩重大事件。好想您啊，也许这就是爱情吧？一想到这里，我就感到无援无助，一个人抽抽嗒嗒地哭了起来。您和别的男人完全不同。我不像《海鸥》中的宁娜[1]，爱上了一位作家，我对于小说家什么的并不向往，如果您认为我是文学少女，那我不知如何是好。我期望跟您生个孩子。

　　很久以前，您还是一个人的时候，我也没有嫁给山

　　1　契诃夫戏剧《海鸥》中的女主人公。

木家，要是我见到了您，两人结了婚，我也许就不会像眼下吃这么多苦了。其实我也死心了，觉得同您结婚是不大可能的。至于推开您的夫人，这是一种残酷的暴力行为，我不愿意这么做。即使做您的小老婆（我不想说出这个词儿，太叫人难为情了。不过，即使叫情妇又怎么样，事实上就是小老婆，还不如直率些更好）我也心甘情愿。但是，社会上一个普通小老婆的日子是不好过的。人们说，大凡小老婆，一旦不顶用了又会遭遗弃。不论哪个男人，快到六十岁时都要回到结发妻子身边。我也听西片町的老爷子和奶妈说过，千万别当人家的小老婆。不过，我认为那是社会上一般的小老婆，我们不一样。对于您来说，最重要的依然是您的事业，我想。如果您喜欢我，两人和睦相处，对您的事业也很有好处。这样，你的夫人也会默认我们的关系。这话虽说有点儿不合道理，但我以为我的看法完全没有错。

问题在于您的回信，您喜欢我还是讨厌我，或者什么都不是。这种回信虽然很叫人害怕，但我还是想问清楚。上次那封信里写了我是送上门的情人，这次的信里又写了送上门的中年妇女什么的。现在仔细想想，您要是不肯回信，我再怎么逼您，也是毫无用处的，只能一个人失魂落魄、消磨自己了。您还是应该给我回句话才是啊。

现在我忽然想起一件事情，您在小说里写了好多恋爱的冒险故事，社会上都认为您是个大流氓，其实您只懂得些普通的常识。我不懂什么常识，我觉得只要能干自己喜欢的事，就是理想的生活。我希望生下您的孩子，无论发生什么事，我都不愿生下其他人的孩子。为此，我才跟您商量，您若能理解我，就请您回我信，明确地告诉我您的想法。

雨停了，刮起风来了。现在是午后三时，我这就去领取配给的一级酒（六合）。我把两只朗姆酒瓶装进袋子，这封信放在胸前的衣兜，再过十分钟光景，我就到下面的村子里去。这些酒不给弟弟，留给和子自己喝，每晚满满地喝上一杯。酒，不就是倒在杯子里喝的吗？

您不到这里来一趟吗？

M·C（这不是My Chekhof的缩写字母。我不爱慕作家，这是My Child[1]）：

今天又下雨了。雨雾弥漫，眼睛看不清楚。我每天都不出门，等待您的回信，可是直到今天都没有您的消息。您究竟在想些什么呢？上封信提到那位艺术家的事，是否惹您不快了？也许您以为我写那桩亲事，是想刺激您的竞争心是不是？其实那桩亲事早已告吹了。刚才我和母亲谈及这件事还笑了一阵子。前不久，母亲说舌头疼，在直治的劝说下，使用美学疗法治好了舌病，现在身体稍好一些。

刚才我站在廊缘上，眺望着随风翻卷的雨雾，思索着您目前的心境。

"牛奶烧好了，快来呀。"母亲在餐厅里喊道，"天冷了，我特地烧得热了些。"

我们坐在餐厅里，一边喝着热气腾腾的牛奶，一边谈起先前那位大师的事。

"那位先生和我，怎么说都不合适吧？"

"是不合适。"母亲平静地回答。

"我是那样任性。我并不讨厌艺术家，而且，他看来

---

1 英语：我的孩子。

收入很高,和他结婚,倒是挺好的。不过,还是不行。"

母亲笑了。

"我说和子啊,你可真是的。明明不行,可又跟人家谈得那么起劲,真不知你心里打的什么主意。"

"哎呀,您不知道多有趣呀,真想再跟他多聊些时候呢。我没有过分的举动吧?"

"不,你太黏缠人了,和子你太黏缠人啦。"

母亲今天兴致很高。

接着,她今天第一次注意到我高高绾起的发髻。

"梳高髻适合于头发稀少的人,你的高髻过于漂亮,真想再给你加上一顶小金冠。这个发型不好。"

"和子我太失望了。不过,母亲曾经说过,和子颈项白嫩、细腻,还是尽量不要盖住脖子为好。"

"这种事儿你还记得啊?"

"凡是表扬我的,再小的事儿我也一辈子不会忘记。能够记住还是令人挺开心的。"

"上回那位先生也夸奖你了?"

"是啊,因此才使我变得黏糊了。他说和我在一起,浑身就有了灵感,使他无法忍受。我虽说不讨厌艺术家，可像他那样摆出一副人格高尚的面孔，我怎么也喜欢不起来。"

"直治的老师，是个怎样的人呢？"

我心中不由一震。

"不太清楚，反正这位直治的老师，似乎是个明码标价的坏人。"

"明码标价？"母亲闪着快活的目光，嘴里嘀咕着，"这个词儿真妙，明码标价更安全，不是很好吗？脖子上挂着铃铛的小猫似乎更可爱。不带标签儿的坏人是可怕的。"

"可不是嘛。"

我真高兴，真高兴，身子仿佛变成一股轻烟被吸到天上去了。我的心情您能理解吗？我为何这般高兴？您要是不能理解……我可要揍您了。

真的，就请您到这里来一趟，好吗？我叫直治把您带来，这样有些不太自然，不合情理，您最好趁着自己酒兴，偷偷前来为好，或者由直治陪伴来这里也行。不过，我还是希望您尽量一个人，趁着直治去东京出差不在家的时候。因为直治在，他肯定会缠住您一起到阿笑那儿喝烧酒，要是那样就完了。我家世世代代都喜欢艺术家，光琳[1]这位画家过去一直住在我们京都的老家，在隔扇上绘制美丽的画面，所以，母亲也一定会欢迎您的来访的。到时候会把您安排在楼上的西式房间，记住，别忘了关灯。我则手持小小的蜡烛，从黑暗的楼梯上去，这样不行？太着急了点儿。

我喜欢坏人，也喜欢明码标价的坏人，而且我也想做个明码标价的坏人。我觉得，除此以外没有我的活路。您是日本头号明码标价的坏人，近来又听弟弟谈起，好多人骂您肮脏、卑劣，憎恨您，攻击您，于是我越来越喜欢您了。这是您个人的私事，我想您肯定有许多amie[2]吧，尽管这样，您会逐渐喜欢上我一个人的。不知为什么，我总是这么想。您同我生活在一起，每天都能痛痛快快地干工作。小时候就时常有人对我说："和你在一起就忘记了辛劳。"以往从来没有人嫌弃过我，

---

1 尾形光琳（1658—1716），江户中期画家、工艺家。乾山之兄。京都人。学画于狩野派的山本素轩，私淑光悦、宗达。画风大胆、轻妙，可称为近世装饰画之巅峰。所作《燕子花图屏风》《红白梅图屏风》皆为日本国宝画作。

2 法语：友人，特指异性朋友、恋人、情妇。

大家都夸我是个好孩子。我想,您也决不会嫌弃我的。

等着见面就行了,现在也不必回信了。真的很想您呀。我去东京您家里相会,也许是最便捷的办法,可我母亲是半个病人,我是个寸步不离的护理师兼女用人,所以无法脱身。求您了,请到这儿来。让我看上一眼吧。至于其他,等见面就明白了。请来瞧瞧我口角两侧的暗纹吧,瞧瞧世纪性的悲伤的皱纹。我的容颜比起我的言语,更能明确地告诉您我心里的想法。

我在给您的第一封信里,告诉您我胸中升起一道彩虹,但那彩虹不像萤火或星光那般美丽、雅洁。假如是那种淡远的思绪,我也不至于这样痛苦,抑或渐渐地将您遗忘。我胸中的彩虹是火焰的桥梁,是烤炙五脏六腑的情思。一个麻药中毒者断药时苦苦哀求的心情,也不会像我这般痛不欲生。尽管我认为我没有错,我不是在走邪路,但有时会突然想到,莫非我干了一件大傻事?心里十分难受。我老是反省自己是否疯了。然而,我也冷静地作过计划。请务必来这里一趟,您随时都可以来。我哪里也不去,一直等着您,请相信我。

再见上一面,到时您不愿意,可以明白地对我说。

我胸中的火焰是您一手点燃，也请您一手灭掉吧，光凭我一个人的力量，是扑灭不了的。总之要见面，只要见面我就有救了。要是在《万叶集》[1]和《源氏物语》[2]时代，我的愿望丝毫不成问题。我要做您的爱妾，您的孩子的母亲。

假若有人嘲笑这封信，那么，他就等于嘲笑女人活下去的努力，嘲笑女人的生命。我受不了港湾内令人窒息的沉闷的空气，即使港湾外有暴风肆虐，我也要扬帆出海。栖息不动的船帆无一例外地污秽不堪，嘲笑我的人无疑都是栖息的船帆，他们终将一事无成。

难以对付的女人。不过，在这件事情上，最苦的还是我。在这个问题上，那些毫不觉得痛苦的旁观者，一边丑恶而下作地落帆不动，一边对这个问题加以批判，真是无聊极了。我不情愿有人随便说我有什么什么思想。我没有思想。我的行动从来都没有借助什么思想或什么哲学。

我知道，世上那些获得好评、受到尊敬的人，都在

---

[1] 日本现存最古的和歌集，产生于奈良时代（710—784），收入和歌约四千五百首。

[2] 平安中期（10世纪前后）出现的长篇宫廷小说，作者紫式部。

撒谎，都在骗人。我不相信这个世界。只有明码标价的坏人才是我的伙伴。我愿被钉在这副十字架上死去。就是受到万人的谴责，我也会回敬他们说："你们这些没有明码标价的，才是最危险的坏人！"

您能理解我吗？

爱情是不讲理由的。我已经过多地讲了些道理。其实，只是照着弟弟的口气鹦鹉学舌罢了。我等着您的到来。再让我看您一眼吧，仅此而已。

等待。啊，人的生活充满喜怒哀乐等种种感情，但这些感情只占人们生活的百分之一，其余百分之九十九，是在等待中度过的，不是吗？我心急如焚、望眼欲穿，等待着幸福的足音在走廊上震响。我心中一片茫然。人的生活实在太悲惨了。眼前的现实使得大家后悔不已，还是不生下来的好。每天从早到晚，无目的地期盼着什么，太可悲了！我倒认为还是生下来的好，啊，换一番高兴的心境，将这生命、人类和世界，重新审视。

能不能冲决道德的羁绊呢？

五

　　今年夏天，我给一个男人写了三封信，他都没有回信。思来想去，实在没法子活下去了，于是在这三封信里，我袒露了自己的内心，怀着一种站上悬崖、跳进怒涛的心情寄出去了。但是，等了又等，就是不见回信。我拐弯抹角向弟弟直治打听他的情况，知道他没有任何变化，每天晚上到处转悠着喝酒，写的全是一些违背道德的作品，为社会上那些正经的人们所不齿和痛恨。据直治说，他还劝导直治经营出版业，直治也跃跃欲试，除他之外，又请了两三位作家做顾问，有人答应出资什么的。听直治这么一说，这才知道，我所热恋的人的周围丝毫嗅不到有关我的一点气息。于是，我感到羞愧，更感到这个世界上的人和我心目中世界上的人全然不同，是另一种奇妙的动物。只有我一个人被抛弃于秋日黄昏的旷野，叫天天不应，叫地地不灵，一种从未尝过的凄怆袭上心头。这就是失恋吗？难道只能呆呆伫立于旷野、等待日落之后冻死在夜露之中，就没有别的路可走了吗？想到这里，我欲哭无泪，两肩和胸脯剧烈地打着哆嗦，实在喘不上气来。

眼下，无论如何，我要去东京面见上原，一不做二不休，既已扬帆，就得出港，走到哪里是哪里，不可坐以待毙。我在心中暗暗做着出行的准备，在这个节骨眼上，母亲的病情有些不妙。

母亲夜间剧烈地咳嗽，量量体温，三十九度。

"今天也许太冷的缘故，明天会好的。"

母亲一边不住地咳嗽，一边低声地说道。不过，我觉得母亲不像单纯的咳嗽，心里盘算着明天请下面的乡村医生来看看。

第二天早晨，体温降到三十七度，咳嗽也不太厉害了。虽说如此，我还是跑到乡村医生那儿，告诉他母亲近来急速地衰弱，昨夜发烧、咳嗽，好像不是一般的感冒，务必请前去诊察一番。

医生答应回头就去，说着就到客厅角落的橱柜里拿出三个梨子递给我，说是别人送的。过了正午，他换上碎白花夏衫来看病，照例花了很长时间，仔细地听诊、叩诊，然后转头正对着我说道：

"不用担心，吃上一剂药就会好的。"

我不知怎的，老是想笑，于是强忍住笑，问道：

"不需要打针吗？"

"用不着打针，患了感冒，只要静养些时候就会好的。"他认真地说。

但是，一个星期之后，母亲还是没有退烧，咳嗽虽说止住了，体温早晨三十七度七，晚上达到三十九度。医生第二天拉肚子休诊，我前去拿药，告诉护士母亲的病情不容乐观，请她转告医生，医生依然说是普通的感冒，用不着担心，只给了些药水和粉剂。

直治照旧去了东京，已经十天未归了。我一个人放心不下，发了张明信片给和田舅舅，说明母亲的病情变化。

母亲发烧后过了十多天，医生的身体也终于好了，于是前来诊病。

医生带着十分认真的表情,一边对母亲的胸部叩诊一边喊道:

"明白啦,明白啦。"

接着,他正面朝着我说:

"发烧的原因弄明白了。左肺发生了浸润。不过,不用担心,热还会持续些时候,只要好好静养,就用不着担心。"

能行吗?我虽说有些疑惑,但就像溺水者抓住了一根稻草,既然经过乡村医生的诊断,心里稍稍安定了些。

医生回去之后,我对母亲说:

"这下子好啦,妈妈。每个人都多少会有些轻微的浸润,只要保持良好的心情,就自然会好转起来的。这都是今年夏天气候不顺引起的。我讨厌夏天,和子我也不喜欢夏天的花。"

母亲闭着眼睛笑了:

"听说喜欢夏天的花的人死在夏天,我本来以为会在今年夏天死去,赶巧直治回来了,所以才活到了秋天。"

就连直治这样的儿子,依然成了母亲活下去的支柱,想到这一点，我很难过。

"夏天已经过去了，妈妈也度过了危险期。妈妈，院子里的胡枝子开花了，而且还有女郎花、地榆、桔梗、黄背茅和芒草。院子里完全是秋景了。进入十月，热度一定会消退的。"

我为此而祈祷。这九月的酷热，所谓秋老虎的时节及早过去就好了。等到菊花盛开，接连都是明丽的小阳春天气，母亲的热度肯定会消退，身体会一天天好起来，我也可以去和他幽会了。我的计划说不定就像大朵的菊花一般灿烂开放！啊，快些进入十月，届时母亲的热度能降下来该多好。

写给和田舅舅的明信片发出之后，过了一周，在舅舅的安排下，一位从前做过宫中御医的三宅老先生，带着护士从东京赶来为母亲看病。

老先生同我们已故的父亲有过交往，所以母亲也表现得非常高兴。再说，这位老先生行为随便，言语粗俗，这一点很中母亲的意，当天，他把看病的事儿撂在一边，两个人只顾天南海北地神聊。我在厨房做好点心，端进客厅一看，诊察早已经结束，老先生胡乱将听诊器像项链一般挂在肩头，坐在客厅走廊的藤椅上。

"我们这号人呀，也经常到小摊子上，买碗面条站着吃，管它味道好不好吃。"

他们聊得很火热。母亲毫无表情地望着天棚，听着老先生继续说下去，好像什么病也没了。我感到很放心。

"到底怎么样了？这个村里的医生说胸部左边有浸润呢。"

我急不可待地大声问三宅医生，老先生若无其事地轻轻说道：

"什么呀，没事儿。"

"啊，那太好啦，妈妈。"

我打心里微笑起来，对着母亲高喊：

"先生说没事儿！"

此时，三宅医生离开藤椅，向中式房间走去，他别有用意地瞟了我一眼，我便悄悄跟在他后头。

老先生走到中式房间的壁挂背后，停住脚步说道：

"听到了扑咯扑咯的响声。"

"是浸润吗？"

"不是。"

"是支气管炎？"

我含着眼泪问。

"不是。"

结核！我真不愿意朝这上想。假如是肺炎、浸润或支气管炎，我一定尽全力治好母亲的病，但要是结核，啊，也许没救了。我的双腿仿佛瘫软下来了。

"那声音很不好吗？听到扑咯扑咯地响？"

我焦急地抽噎起来。

"右边左边，全都有。"

"不过，妈妈的精神还挺好呢，吃东西也说好香好香……"

"没法子啊。"

"骗人，啊，不会有事的吧？只要多吃黄油、鸡蛋和牛奶，就会好的，对吧？只要身子骨有了抵抗力，热也会退的，是吧？"

"是，不论什么，都多吃些。"

"是吧？是要这样吧？每天都吃五个番茄。"

"哦，番茄很好。"

"这么说，没事儿吧？会好的吧？"

"不过，这种病说不定会要命的，要有心理上的准备。"

这个世界有许多人力无法挽回的事情，我生来第一次感到眼前横着一堵绝望的墙。

"两年？三年？"

我震颤着小声地问。

"不知道，总之，是没法可想了。"

三宅先生说已经预约了伊豆的长冈温泉旅馆，当天就带着护士一起回去了。我把他们送到门口，转身奔回客厅，坐在母亲枕畔，若无其事地笑笑。母亲问道：

"先生都说些什么来着？"

"说是只要退热就会好的。"

"胸部呢？"

"看来不要紧，对啦，就像上回生病时一样，没错。天气一旦凉爽了，身体很快就会好起来的。"

但愿这种谎言能成真，我想忘掉"夺去生命"这类可怕的词儿。因为我感到，母亲要是死了，我的肉体也就随之消失了。我完全不能承认这样的事实。今后，我会忘掉一切，多多做些可口的饭菜给她吃，鱼、汤类、罐头、肝、肉汁、番茄、鸡蛋、牛奶和高汤。要是有豆腐就好了，用豆腐做酱汤，还有大米饭、糕饼等，好吃的东西应有尽有。我要把我的衣服用品全都卖光，让母亲吃得更好。

我站起身子走进中式房间,将屋子里的躺椅搬到客厅廊缘附近,坐在这里可以看到母亲的面孔。躺卧的母亲面部一点儿也不像个病人,眼睛美丽而又澄澈,脸色也富有朝气。每天早晨,她按时起床到盥洗室,接着就在三铺席大的浴室内自己梳理头发,仔细打扮一番,然后回到床上,坐在被窝里吃饭,饭后,在床铺里躺一会儿,坐一会儿,或看报,或读书。发烧也只是在下午。

"啊,母亲没有病,肯定的,她不要紧。"

我在心中毅然抹消了三宅医生的诊断。

十月,到了菊花盛开的时节,想着想着,我也昏昏沉沉地打起盹来了。平时在现实里难得一见的风景,我在梦中也常常能够看到。啊,我又来到我所熟悉的森林中的湖畔。我同一位身穿和服的青年,悄无声息地一起迈着步子。整个风景仿佛笼罩着绿色的雾霭。湖底沉浸着一座雪白而精巧的桥。

"啊,桥沉没了,今天哪儿也不能去。就在这里的旅馆休息吧,总会有些空房间的。"

湖畔有一座岩石旅馆,旅馆的石头表面被绿色的雾气浸得湿漉漉的,石门上方镶嵌着细细的烫金文字HOTEL

SWITZERLAND[1]。当我读到SWI的时候,猛然想起母亲,现在母亲怎么样了呢?我蓦地犯起疑惑,母亲也会到这座旅馆里来吗?于是,我和青年一起钻进石门,来到前庭。雾气迷蒙的院子里似乎盛开着巨大的火红的紫阳花。孩提时代,看见被褥上布满鲜红的紫阳花,就会产生莫名的悲伤,现在我才明白,这种鲜红的紫阳花是确实存在的。

"不冷吗?"

"嗯,有点儿冷。雾气浸湿了耳朵,耳朵里有些凉。"我说罢笑了,问道,"妈妈怎么样?"

"她在坟墓底下。"

青年无限悲戚而又慈爱地微笑着回答。

"啊!"

我悄声叫道。是的,母亲已经不在人世了。母亲的葬礼不是早就举行过了吗?啊,母亲已经死了!当我意识到这一点时,一股难言的怅惘之情使我浑身颤抖,我醒了。

阳台上已是黄昏,下雨了。周围梦一般飘溢着绿色的寂寞。

"妈妈。"

---

[1] 意即瑞士饭店。

我叫了一声。

"你在做什么?"

一个沉静的声音回答。

我高兴地跳起来,奔向客厅。

"刚才呀,我做了一个梦。"

"是吗?我还以为你在干些什么来着,原来睡了个大午觉。"

母亲别有意味地笑了。

母亲如此优雅地平心静气地生活着,实在令人高兴,我很珍视这一点,不由得涌出了泪水。

"晚饭做些什么?有没有特别想吃的东西呢?"

我稍稍提高嗓门问道。

"不用,什么也不想吃。今天升到三十九度五了。"

我一下子蒙了,一筹莫展地呆呆环视着昏暗的房间。我忽然想到死。

"到底怎么啦?怎么会到三十九度五呢?"

"没什么,只是发热前有些难熬,头有些疼,发冷,然后是高热。"

外面已经黑了,雨似乎停了,刮起了风。我打开电灯正

要到餐厅去,母亲说道:

"挺晃眼的,不要开灯。"

"一直躺在黑暗的地方,不觉得难受吗?"我站在原地问。

"反正闭着眼躺着,都一样。一点儿也不寂寞,明晃晃的,才难受呢。以后,这客厅的灯就不要打开了。"母亲说。

我从母亲的话音里感到不祥,于是默默关上客厅的电灯,走到相邻的房间,扭亮了里边的台灯,尝到一种难堪的凄凉。我连忙走向餐厅,将冰冷的罐头鲑鱼放在米饭上吃着,眼泪簌簌流淌下来。

夜里,风越刮越大。九点起,雨又下了,成了名副其实的暴风雨。两三天前卷起的廊缘边的竹帘子,吧嗒吧嗒地响着。我在客厅相邻的房间里,怀着奇妙的兴奋心情,阅读卢森堡的《经济学入门》。这是我前些时候从楼上直治的房间里拿来的,当时,这本书连同《列宁选集》,还有考茨基的《社会革命》等随便地借过来,放在客厅隔壁这间屋子我的书桌上。早晨,母亲洗罢脸回来,经过我的桌边,目光忽然停留在这三本书上,她一一翻着,看着,然后轻轻叹了口气,悄悄放回桌子上,带着凄凉的神情朝我倏忽一瞥。不过，那眼神虽说满含深深的悲哀，但绝非表示排斥和厌恶。母亲阅读的书是雨果、大仲马和小仲马父子、缪塞和都德等人的。我知道，那种甘美的故事书里同样具有革命的气息。像母亲这样天生具有教养——这个词儿也许有点儿怪——的人，也许当然地欢迎革命，这也并不令人感到意外。我读卢森堡的书，虽说也有点儿装模作样，但我自有我自己浓厚的趣味。书里写的虽然是经济学这门学问，但作为经济学阅读实在没有任何意味。至少对我来说，没有一点意义，都是些单纯而极易理解的东西。不，或许我根本弄不懂经济学是什么。总之，我是一点儿兴趣都没有。人都是悭吝的，永远都是悭吝的，没有这一前提，这门学问就完全不能成立。对于不怎么悭吝的人来说，什么分配之类的问题，不会有任何兴趣。尽管如此，我读这本书，在另外一些地方，却感到了奇妙的兴奋，那就是此书的作者毫不踌躇地彻底破除旧思想的惊人的勇气。我眼前浮现一位已婚女子，冲破一切道德，高高兴兴一阵风似的奔向心上人身边的姿影。这是一种破坏的思想。破坏，哀切、悲伤，而又美丽。这是一种破坏、重建而趋于完成的梦想。一旦破坏，也许永远不会有完成的一天，但尽管如此，既然要爱恋，就必须破坏，必须革命。卢森堡始终悲哀地倾慕着马克思主义。

那是十二年前的事。

"你就是《更级日记》[1]里的少女,不管说什么都没有用了。"

一个朋友说罢离我而去了。当时,那位朋友借给我一本列宁的书,我没读就还给她了。

"读完了吗?"

"对不起,我没读。"

我们来到一座桥上,从这里可以望见尼古拉耶教堂。

"为什么?为什么不读?"

那位朋友个儿比我高一寸左右,外语成绩优异,戴着十分合体的贝雷帽,脸形长得像蒙娜丽莎,人很漂亮。

"你真怪,我说得不对吗?你真的很怕我吗?"

"我不怕。只是那封面的颜色让人受不了。"

"是吗?"

她有些失望,接着就说我是《更级日记》里的人,而且断定我是个不可救药的人。

---

[1] 菅原孝标之女的日记。自宽仁四年(1020)九月十三岁时父亲由上总出发返京途中起笔,一直写到丈夫橘俊通死去的第二年五十二岁时止,是她这个时期的回忆录。

我们很长一会儿默默俯视着冬天的河水。

"祝你平安,如果这是永别,那就祝你一生平安。拜伦。"

她接着照原文流利地背诵起那位拜伦的诗句,轻轻拥抱着我的身体。

"对不起。"

我很难为情地小声对她道歉,然后向御茶之水车站走去,一转头,看到那位朋友依然站在桥上,纹丝不动,一直遥望着我。

从此,我再也没见过那位朋友。我们同到一位外国教师家里补习,但不是同一所学校。

自那之后,十二年了,我依旧没有从《更级日记》前进一步。这期间,我究竟干了些什么呢?我未曾向往过革命,甚至也不懂得爱。以往,这个世上的大人们教给我们,革命和恋爱是最愚蠢而可怕的东西。战前和战时我们都是这样认识的。战败后,我们再也不相信世上的大人们了。凡是他们所说的,我们一概反对,我们觉得这才是真正的生路。实际上,革命和恋爱,都是这个世界上最美好、最甜蜜的事情。可以想象,正因为是好事,大人们才不怀好意地欺骗我们,说是酸葡萄吧。我确信,人就是为了恋爱和革命而活的。

母亲刷地拉开隔扇,边笑边伸出头来说:

"还没睡呀?不困吗?"

看看桌上的表,十二点整。

"嗯,一点儿也不困。阅读社会主义的书籍,太兴奋了。"

"是啊,有酒吗?这时候喝点儿酒,就能很快地睡着。"

母亲的口吻似乎在逗我,她的脸上闪过一丝颓废而细微的妖媚的神色。

不久进入十月,但不是一派秋日明丽的模样,而像梅雨时节一样,连续都是阴湿而郁闷的日子。而且,每天下午,母亲的体温依然上升到三十八九度之间。

一天早晨,我看到了可怕的现象,母亲的手肿了。早饭一向吃得很香的母亲,这阵子也只是坐在被窝里,稍微喝上一小碗粥,不能吃香味浓烈的菜肴。那天,我端给她一碗松菇汤。看神色,她还是不喜欢松菇的香味儿,将汤碗放在嘴边,只做了个样子又放回饭盘里了。当时看到母亲的手,我不由一惊,右手肿得圆溜溜的。

"妈妈！手不要紧的吧？"

母亲的脸看起来有些惨白和浮肿。

"不要紧的，这种样子，没什么。"

"什么时候开始肿的呢？"

母亲似乎带着有些晃眼的神情，一直沉默不语。我真想放声大哭，这只手已经不是母亲的手了，是别的老婆子的手。我的母亲的手又细弱，又小巧，我是很熟悉的。那是优美的手、可爱的手，那只手就永远消失了吗？左手虽然不那么浮肿，但看了也叫人难受。我不忍心看下去，转移视线，凝视着壁龛里的花篮。

眼泪就要流出来，我强忍着猝然站起身走进餐厅，直治一个人正在吃溏心蛋。他难得来一趟伊豆这个家，每次来夜里必然去阿笑那里喝烧酒，早晨一脸的不高兴，饭也不吃，只吃四五个溏心蛋，然后就跑到二楼，时而睡一阵子，时而起来一会儿。

"妈妈的手肿了。"

我对直治说到这里，不由低下头，再也说不下去了。我低着头，抽动着肩膀哭个不停。

直治闷声不响。

"妈妈不行了,你一点儿也不觉得吗?肿得那个样子,已经没救啦。"我仰起脸,抓住桌角说道。

"嗨,真快呀,最近怎么净是这些扫兴的事啊?"直治阴沉着脸说。

"我要再次给妈妈治病,想办法一定治好病。"

我用右手紧握着左手说道,突然,直治抽噎着哭起来。

"怎么没有一件开心的事呢?我们怎么净碰上些不好的事啊?"

直治一边说,一边用拳头胡乱地擦眼睛。

当日,直治去东京向和田舅舅通报母亲的病情,请求指示。我不在母亲身旁时,几乎从早哭到晚上。冒着晨雾去拿牛奶的时候,对着镜子抚弄着头发、涂着口红的时候,我总是哭个不停。同母亲一起度过的快活的日子,一桩桩,一件件,绘画一般浮现于眼前,让我总是忍不住流泪。傍晚,天黑之后,我站在中式房间的阳台上,不住地抽泣。秋夜的天空闪耀着星星,脚边盘缩着一只别家的猫咪,一动不动。

第二天,手肿得比昨天更厉害,吃饭时滴水未进。母亲说,口腔干裂,连橘子汁也不能喝。

"妈妈,再照直治说的,戴上口罩怎么样?"

我正要笑着对她说，可是说着说着，一阵难过，"哇"地大哭起来。

"你每天很忙，太累了吧？雇一个护士来吧。"

母亲沉静地说。我很清楚，比起自己的病痛，她更担心我的身体。这使我更伤心，站起来跑到浴室三铺席房间里，尽情地大哭了一场。

过午，直治领着三宅医生还有两位护士赶来了。

这位平素爱说笑话的老先生，此时忽然摆出一副生气的面孔，他快步走进病人卧室，立即进行诊察。

"身子衰弱多了。"他轻轻说了一声，开始注射强心剂。

"先生住哪儿？"母亲像说梦话似的问道。

"还是长冈，已经预约好了，不用担心。您有病，用不着为别人操心，只管多吃东西，想吃什么就吃什么，有了营养，才会好得快。明天我还来，留下一位护士，您尽管使唤吧。"

老先生对躺在病床上的母亲大声说，然后对直治使了个眼色，站起身来。

直治一人送先生和同来的一名护士出门去，不一会儿他回来后，我发现他脸上强忍着不哭出声来。

我们悄悄走出病室，来到餐厅。

"没救了吗？是不是？"

"很糟糕。"直治歪着嘴苦笑着，"衰弱急剧地加快了，今明两天还不知道会怎么样呢。"

直治说着，两眼噙满泪水。

"不给各处发个电报能行吗？"

我反而像吃了定心丸一样地平静下来。

"这事我也跟舅舅商量过了，舅舅说，现在还不到大伙儿蜂拥而至的时候。他们来了，屋子又小，反而会觉得失礼。这附近又没有合适的旅馆，即使是长冈温泉，也不能预订两三处房间。总之，我们穷了，没有力量邀请有头面的人物。舅舅说他回头就来，不过，那个人一向吝啬，完全不能指望。昨晚，他把妈妈的病撂下不管，只顾教训我。古今东西从未听到过一个吝啬鬼能把人教育好的事例。我们姐弟都讨厌舅舅，这个人和妈妈简直是天壤之别。"

"不过，我且不说，你将来还得继续依靠舅舅……"

"去他的，哪怕当叫花子我也不靠他。看来，姐姐今后只有依靠舅舅啦。"

"我……"我说着，又流泪了，"我有我要去的地方。"

"谈对象了?决定了吗?"

"没有。"

"自己养活自己?劳动妇女?算啦,算啦!"

"不能养活自己吗?那我就去做革命家。"

"什么?"

直治带着怪讶的神色瞧着我。

这时,三宅先生留下的那位护士喊我来了。

"老夫人好像有话要说。"

我连忙到病室,坐在母亲的床头。

"什么事?"我凑过脸问。

母亲想说些什么,但又沉默不语。

"要水吗?"我问。

母亲微微摇摇头,似乎不想喝水。

过了一会儿,她小声说:

"我做了个梦。"

"是吗?什么梦?"

"蛇的梦。"

我不由一惊。

"廊缘脚踏石上有一条红色斑纹的女蛇吧?你去看看。"

我浑身打了个寒噤，呆呆地伫立在廊缘边上，透过玻璃窗一看，脚踏石上拖着一条长蛇，沐浴在秋阳下。我眼前一阵黑暗，头脑眩晕。

我认识你，你比那时稍微长大了，也老一些了。你就是那条被我烧了蛇蛋的女蛇吧？我知道你想复仇，请到那边去吧，快，快到那边去。

我心中念叨着，死盯着那条蛇。然而，蛇却一动不动。不知为何，我不想让那位护士看到这条蛇。我用力跺了一脚，大声叫道：

"没有啊，妈妈，梦见什么了呀？根本不对！"

我故意夸张地大声喊叫，朝脚踏石上倏忽一瞥，蛇终于挪动着身子，慢腾腾从石头上滑落下去了。

糟了，已经没救了。看到蛇，我第一次打心底里感到一切都完了。父亲死的时候，听说枕头边有一条小黑蛇，当时，我还看到院子里的每棵树上都盘着蛇。

母亲连起床的力气也没有了，一直昏昏沉沉地躺着，身体全仗着那位护士的护理了。看样子饭菜也几乎不能下咽了。自从看到蛇，是否可以说，我彻底摆脱了悲哀，获得了内心的平静，精神上似乎产生了一种幸福的轻松感。今后，我要拿出全部时间守护在母亲身旁。

从第二天起,我紧挨母亲的枕畔坐着编织毛衣。我编织毛衣和做起针线活来,比别人都快,可是技艺很差。所以,母亲总是一一教我如何加工修改。那天,我没有心思编织毛衣,为了消除紧紧依偎在母亲身边所带来的不自然,也只好装装样子,搬出毛线箱来,一心一意织起毛衣来。

母亲一直盯着我的手的动作。

"是织你的毛袜吧?可得多加八针,不然会穿不进去的。"她说。

孩子时代,母亲不论怎么教我,我都织不好。不过,想起当时那种惊慌失措、羞愧难当的心情,反而怀恋起来。母亲今后再也不会教我织毛衣了,想到这一点我就流泪,眼睛再也看不清针眼儿了。

母亲这样躺着的时候,一点儿也不觉得痛苦。说到吃饭,从今天早晨起就粒米未进,我用纱布蘸些茶水,不时给母亲湿湿嘴唇。不过,她意识倒很清楚,心境平和,不时跟我唠上几句。

"报纸上刊登了陛下的照片,再让我看一看。"

我把报纸印有照片的地方伸到母亲的眼前。

"陛下老了。"

"不，这张照片没照好，上次的照片显得特别年轻，也很活跃。陛下似乎反而喜欢这样的时代。"

"为什么？"

"因为，陛下这次也获得了解放。"

母亲惨然一笑，过了一阵又说道：

"想哭也流不出眼泪了。"

我忽然想到，母亲此时不是很幸福吗？所谓幸福感，不是已经沉在悲哀之河的水底，闪耀着的金沙般的光芒吗？如果那种穿越悲悯的界限、不可思议的幽然微明的心情，就是所谓幸福感的话，那么，陛下、母亲，还有我，眼下确实是幸福的。静谧的秋天的上午。阳光轻柔的秋的庭院。我不再编织毛衣，眺望着齐胸的闪光的海面。

"妈妈，过去我实在是个不懂世故的人啊！"

接着，我还有话要说，但又不愿意被躲在屋角准备做静脉注射的护士听见，随后又作罢了。

"你说过去……"母亲淡然地笑着问，"那么现在懂了吗？"

不知为何，我脸红了。

"你还是不懂世故啊。"母亲转过脸面向正前方,小声地自言自语。"我不懂,真正懂得的人哪里有啊?不论经过多长时间,大家依然是个孩子,什么也弄不明白。"

但是,我必须活下去。或许还是个孩子,可我不能一味撒娇。今后,我要和世界作斗争。啊,像母亲那样与人无争、无怨无恨,度过美丽而悲哀的一生的人,恐怕是最后一位了,今后再也不会在世界上存在了。即将死去的人是美丽的。我感到活着,继续活下去,这是非常丑陋、充满血腥而龌龊的事。我想象着一条怀孕的钻洞的蛇盘绕在榻榻米上的姿影。然而,我还是不死心。卑劣也好,我要活着,我要同世界争斗,以便实现我的愿望。母亲眼看就要死了,我的浪漫主义和感伤次第消失了,我感到自己变成一个不可疏忽大意、心地险恶的动物。

当天过午,我依偎在母亲身旁,给她润泽口唇,一辆汽车停到门前。原来,和田舅舅和舅母驱车从东京赶来了。舅舅来到病室,默默坐到母亲枕畔,母亲用手帕盖住自己下半个脸,盯着舅舅哭起来。然而,只有悲戚的表情,再也哭不出眼泪,就像一只木偶。

"直治在哪儿?"

过了一会儿,母亲望着我问道。

我登上二楼,看见直治躺在沙发上阅读新出版的杂志。

"母亲叫你呢。"

"哎呀,又是一场愁苦。你们真能耐着性子守在那儿。不是神经麻木,就是太薄情。我很痛苦,心地过热,肉体软弱,实在没有力气待在母亲身边。"直治说着,穿起上衣,和我一同下楼来。

我俩并肩坐在母亲床头,母亲迅速从被窝里抽出手来,默默指指直治,又指指我,然后把脸转向舅舅,将两只手掌合在一起。

舅舅深深地点点头。

"啊,我明白,我明白。"

母亲似乎放心了,轻轻闭上眼,悄悄把手缩进被窝。

我哭了,直治也低下头呜咽起来。

这时,三宅老先生从长冈赶来,他一到就给母亲打了一针。母亲见到了舅舅,看样子已经心无遗憾,她说:

"先生,快歇息一会儿吧。"

老先生和舅舅互相见了面,默然相对,两人眼里都闪着泪花。

我站起身到厨房里,做了舅舅爱吃的油豆腐葱花汤面,给老先生、直治和舅母也各盛了一碗,端到中式房间,然后又把舅舅带来的礼品——丸之内饭店的三明治,打开给母亲瞧了瞧,随后放在她的枕头边。

"你太累了。"

母亲小声说。

大家在中式房间里闲谈了一会儿,舅舅和舅母因为有事今天必须赶回东京,说罢随手交给我一包慰问金。三宅医生和随行护士也要一起回去,他对留守护士交代各种应急措施,总之,意识还算清楚,心脏也还不算衰竭,只要坚持注射,再过四五天就能见好。当天,他们都临时坐上汽车一块儿回东京了。

送走他们一行,我来到客厅,母亲对我展露一副亲切的笑容。

"累坏了吧?"

她依旧小声地说。她的脸充满活气,看起来洋溢着光辉。母亲见了舅舅,心里一定很高兴吧,我想。

"我不累。"

我稍稍轻松起来,笑着回答。

万没料到,这是我和母亲最后的对话。

仅仅过了三个小时,母亲就死了。这位全日本最后的贵妇人,这位美丽的母亲,在秋天寂寥的黄昏,在护士为她试过脉搏之后,在我和直治两个亲人的守护下,走了。

母亲死后的容颜几乎没有变化。父亲去世时,脸色完全改变了,可母亲的脸色一点变化也没有,只是呼吸断绝了。至于什么时候咽的气也分不清楚。脸上的浮肿打前一天就开始消退,两颊像蜡一般光亮,薄薄的嘴唇稍稍歪斜,含着微笑,比活着的时候更加亮丽。在我眼里,母亲就像pieta[1]中的圣母玛利亚。

---

1 指耶稣死后圣母玛利亚抚尸痛哭的绘画艺术。

六

战斗，开始。

不能永远沉沦于悲哀之中，我必须战斗。新的伦理吗？不，这样说也是伪善。为了恋爱，仅此而已。正如罗莎必须依赖新的经济学才能生存，如今，我只有一心投入恋爱才能生活下去。耶稣为了揭发现世的宗教家、道德家、学者以及当权者的伪善，毫不踌躇地将神的真正的爱情原原本本传给人类，他把十二个弟子派往各地，当时教导弟子的话语于我也不是毫无关系的。

腰带里不要带金银铜钱。行路不要带口袋，不要带两件褂子，也不要带鞋和拐杖。我差你们去，如同羊进入狼群。所以你们要灵巧像蛇，驯良像鸽子。你们要防备人，因为他们要把你们交给公会，也要在会堂里鞭打你们。并且你们要为我的缘故，被送到诸侯君王面前。你们被交的时候，不要思虑怎么说话，或说什么话。到那时候，必赐给你们当说的话。因为不是你们自己说的，乃是你们父的灵在你们里头说的。并且你们要为我的名，被众人恨恶，唯有忍耐到底的必然得救。有人在这城里逼迫你们，就逃到那城里去。我实在告诉你们，以色列的城邑你们还没有走遍，人子就到了。

那杀身体不能杀灵魂，不要怕他们，唯有能把身体和灵魂都灭在地狱里的，正要怕他。你们不要想，我来是叫地上太平。我来并不是叫地上太平，乃是叫地上动刀兵。因为我来是叫人与父亲生疏，女儿与母亲生疏，媳妇与婆婆生疏。人的仇敌就是自己家里的人。爱父母过于爱我的，不配做我的门徒。爱儿女过于爱我的，不配做我的门徒。不背着他的十字架跟从我的,也不配做我的门徒。得着生命的,将要失丧生命,为我失丧生命的,将要得着生命。[1]

战斗,开始。

如果我发誓,为了我的爱一定要暗暗遵从耶稣的教诲,那么会不会受到耶稣的责备呢?我真不明白,为何"恋"是坏的,而"爱"是好的呢?我深深感到二者是一回事。为了不明不白的爱和恋,为了由此产生的悲伤而将身体和灵魂湮灭于地狱中的人们!啊,我敢说我就是这样的人。

在舅舅等人的关照下,我们在伊豆悄悄安葬了母亲,又在东京举行了正式葬礼。然后,我又和直治回到伊豆山庄,过着一种莫名其妙的、彼此只见面不说话的苦寂生活。直治借着搞出版业需要资本为名,将母亲的宝石全部拿走,在东京喝够了,就带着一副重病号的苍白的脸色,东倒西歪回到伊豆山庄睡大觉。有一次,直治带来一位年轻的舞女,连他自己都感到有点儿不好意思。于是,我对他说:

"今天我可以去东京一趟吗?好久没到朋友那里玩了,

---

1 摘引自《新约全书·马太福音》第十章中文译文。

想在那里住上两三个晚上，你就看家好啦。要做饭，可以请那位帮帮忙。"

抓住直治的弱点，将了他一军。这就是所谓灵巧像蛇。我把化妆品和面包塞进提包，极其自然地到东京去见那个人了。

乘国营电车来到东京郊外，在荻洼站北口下车，从那里再走二十分钟光景，似乎就能到达那人战后购置的新居。这是我以前若无其事地从直治那里打听来的。

那是个寒风呼啸的日子。从荻洼站下车时，周围已经晦暗，我抓住一个行人，对他说了那人的住址，大致得知了什么方位，在沙石道上徘徊辗转将近一个小时，心里忐忑不安，不由流出了眼泪。其间我还被路面的石头绊倒，跌了一跤，木屐带子挣断了，呆呆站立着，一时没了主意。突然，我看到右首两座毗连的平房其中一家的门牌，在夜色里泛着模糊的白光。上面仿佛标着"上原"两个字。我顾不得一只脚只穿着布袜子，直向那家大门跑去。到了跟前再定睛一看，没错，写的正是上原二郎。宅子中一派昏暗。

怎么办呢？一刹那我又呆立不动了。接着，我抱着孤注一掷的心情，"咣当"一声靠在玄关的格子门上了，仿佛要倒下去。

"有人吗?"我说着,用两手手指抚摸着木格子,小声地嘀咕着,"上原先生。"

有人答应,不过是个女人的声音。

大门从里侧打开了。一位长着瓜子脸的传统装束的女子,似乎比我大三四岁,在玄关的阴影里笑着问道:

"是哪一位呀?"

她那问话的语调里没有一点儿恶意和戒备。

"不,那……"

但是,我失去了自报家门的机会。不知怎的,我的恋爱只对这位女子才感到内疚。

"先生呢?他在家吗?"

"啊,"她应了一声,有些抱歉地望着我的脸,"他总爱去……"

"很远吗?"

"不,"她好生奇怪地用一只手捂住嘴,"在荻洼。只要找到站前一家名叫'白石'的卖鱼肉杂烩的小饭馆,大致就能找到他了。"

"哦,是吗?"我感到十分高兴。

"哎呀,你的木屐……"

在她的劝说下，我走进大门，坐在木板台上，夫人给我一根简易的木屐带子，这种木屐带子随时可以救急，重新修理好木屐。其间，夫人还为我点上一支蜡烛拿到大门口来。

"真是不巧，两只灯泡都坏了。最近的灯泡很容易断丝，价钱又死贵。要是丈夫在家，还可以去买，可是昨晚和前天晚上，他都没有回家。我们三个晚上，身无分文，只好早点儿睡觉。"

她打心里毫无遮拦地笑着说。夫人背后，站着一个十二三岁的女孩子，大眼睛，细高挑儿，给人一种难以亲近的感觉。

敌人，我虽然不愿这么想，但这位夫人和这个孩子，总有一天会把我当作敌人，憎恨我。想到这儿，我的恋心一时冷却下来，系好木屐带子，直起身呱嗒呱嗒拍掉两手的灰尘。一种悲凉之感猛然袭上我的全身，使我难以承受。我恨不得跑进客厅，在黑暗中紧紧抓住夫人的手大哭一场。我心中一阵激烈地翻腾，忽然想到，那样做会给自己造成难堪的下场和败兴而归的可怕结局，便作罢了。

"谢谢你啦。"

我恭恭敬敬向她告别，来到外面。寒风吹打着我，战斗开始了。恋爱，喜欢，向往。真正的恋爱，真正的喜欢，真正的向往。实在爱得不得了，喜欢得不得了，向往得不得了。那位夫人确实是个很难得的好人，那小姑娘长得很好看。然而，我即使站在上帝的审判席上，也丝毫不后悔。人是为了恋爱和革命而生的，上帝没有理由责罚他们。我一点也不可恶，因为太爱，所以才会如此风风火火急着要和他见面。即便两三夜露宿荒野，也一定要实现这个愿望！

站前白石小饭馆，立即就找到了，他不在这里。

"肯定去阿佐谷了。从阿佐谷站北口一直向前就到了，大约一百五十米光景吧？那里有家小五金店，从那座店旁向右，再走五十米，有一家柳屋小饭馆。先生近来和柳屋的阿舍姑娘打得火热，整天在那里厮磨，真是没法子呀。"

我在车站买了张票，乘上驶往东京的国营电车，到阿佐谷下车，从车站北口走上一百多米，自小五金商店向右转，再走上五十多米，到达柳屋。店堂内寂静无声。

"他们刚走，一帮子人哩！听说还要到西荻的千鸟的老板娘那里喝个通宵。"

"千鸟？西荻的哪一边？"

我心里不是滋味，眼泪快要流出来了。我忽然意识到，眼下自己是不是疯了？

"不太清楚，或许从西荻站下车，出了南口向左拐吧？总之，问问交警不就得了吗？那位先生也不是一家两家能够打发了的，到千鸟店之前，还会在哪里逗留，谁又能知道呢？"

"我这就去千鸟，再见。"

我又往回走，从阿佐谷乘国营开往立川的电车，经过荻洼到西荻洼，在车站南口下车。我冒着寒风转悠了一阵子，看到一位交警，向他打听千鸟在哪里。随后，我按照他的指点，又在夜路上奔波起来。等到发现千鸟蓝色的灯笼，我毫不犹豫地打开了格子门。

门口是土间，紧连着六铺席的房间，屋里头弥漫着香烟濛濛的烟雾。十多个人围着一张大桌子，吵吵嚷嚷，饮酒作乐。其中有三位比我年轻的小姐，有的抽烟，有的饮酒。

我站在土间，打量着，看到了。立刻感觉像做梦似的。不对，六年，完全变了，简直变成另外一个人了。"格罗丁，格罗丁，唏溜唏溜唏。"

这个人就是我的彩虹M·C？我的生命的希望吗？六年了！一头乱发依然如故，却更加稀薄，显现出可怜的赤褐色。面色灰黄，眼圈儿红肿，门齿脱落，不住蠕动着嘴唇，宛若一只老猴子团缩着脊背，蹲坐在房屋的角落里。

一位小姐盯着我看，用眼睛示意上原先生我来了。他坐在原地，伸着细长的脖子瞅瞅我，毫无表情地翘翘下巴，叫我过去。屋里的人对我毫不关心，依然吵闹不休，但大家还是稍稍挨紧身子，让我坐到上原先生的右侧。

我默默坐下了，上原先生给我满满斟了一杯酒，然后又在自己的杯子斟满酒。

"干杯！"

他用沙哑的嗓子低声说着。

两只玻璃杯轻轻撞在一起，发出清脆的悲鸣。

"格罗丁，格罗丁，唏溜唏溜唏。"不知是谁嘀咕起来。接着又有人应和着："格罗丁，格罗丁，唏溜唏溜唏。"咔嚓碰了碰杯，咕嘟喝了下去。"格罗丁，格罗丁，唏溜唏溜唏。""格罗丁，格罗丁，唏溜唏溜唏。"这种一味胡闹的歌唱此起彼伏，一个劲儿碰杯痛饮。看样子，他们要用此种欢闹的节奏激发兴致，硬是把酒一杯杯灌进喉咙管儿里。

"啊，失陪啦。"

有人歪歪倒倒地回去了，又有新的客人慢吞吞进来，对上原先生微微点点头，挤坐在人堆里。

"上原先生，那个地方，上原先生，那个地方呀，就是有啊啊啊的那个地方，那应该怎么说才好呢？是啊、啊、啊吗？还是啊啊、啊呢？"

一个人探着身子向他请教。我记得，他就是在舞台上出现过的话剧演员藤田。

"应是啊啊，啊。啊啊，啊，千鸟的酒好便宜。"上原说。

"光惦记着钱。"小姐说。

"'两只麻雀卖一分银子'，是贵了，还是贱了？"一个青年绅士说。

"也有'一文不剩全都还清'这种说法，还有挺烦琐的隐喻：一个给了五千，一个给了两千，一个给了一千。看来，基督算得很细啊！"另一个绅士说。

"而且，那家伙还是个酒鬼呢。《圣经》里竟然有那么多关于酒的比喻。可不是，你看，《圣经》里说他是个好酒的人，而不是喝酒，是好酒之徒，也就是酒鬼无疑了。总能喝上一升酒吧。"另一个绅士接上话头儿。

"算了，算了，啊啊，啊，你们慑于道德，借着基督作

135

为掩护。千惠小姐,喝,格罗丁,格罗丁,唏溜唏溜唏。"

上原先生和那位最为年轻、美貌的小姐,咔嚓一声用力碰了杯,一饮而尽。酒水顺着嘴角滴落下来,濡湿了下巴。他气急败坏地用手掌胡乱抹了一把,接连打了五六个大喷嚏。

我悄悄站起,走进隔壁的屋子,向病弱的苍白而干瘦的老板娘打听厕所在哪里,回来经过那间屋子,刚才那位最年轻美貌的千惠小姐,站在那儿似乎正等着我。

"你不饿吗?"她亲切地笑着问,"哦,不过,我带面包来了。"

"没什么招待的。"病恹恹的老板娘,懒洋洋地横坐在长火钵旁边说道,"就在这间屋子里用晚餐吧,陪伴那帮子酒鬼喝酒,一个晚上也甭想吃饭。请坐吧,坐这儿。千惠小姐也一起来。"

"喂,阿娟呀,没有酒了。"隔壁房间的绅士喊道。

"来啦,来啦。"

那位叫阿娟的女佣从厨房里出来,她三十岁左右,穿着雅致的条纹和服,手中的木盘里盛着十几只酒壶。

"等一等。"

老板娘叫住她。

"这里也放两壶。"她笑着说,"我说阿娟呀,真是对不起,你去后街蔫屋那儿要两海碗面条来。"

我和千惠排排坐在长火钵旁,在火上烤手。

"盖上被子吧。天冷啦,不喝一杯吗?"

老板娘将铫子里的酒倒在自己的茶碗里,然后又向另外的茶碗里也倒了酒。

接着,我们三个默默地把酒喝了。

"你们很厉害呀!"老板娘不知为何带着神秘的语调说。

传来哗啦哗啦开门的声响。

"先生,我带来啦。"一个青年男人的声音喊道,"我们公司经理很不好说话,我要两万,黏缠老半天,才给一万。"

"是支票吗?"上原先生沙哑着嗓子问。

"不是,是现金,对不起。"

"好,也可以,我开张收据吧。"

格罗丁,格罗丁,唏溜唏溜唏。其间,全场干杯的歌声一直没有停止。

"直君呢?"

老板娘一本正经地询问千惠,我一下子蒙了。

"不知道，我又不是直君的看守。"千惠慌了神，无可奈何地涨红了脸。

"这阵子，是不是同上原先生有什么不愉快的事呢？他们总是在一起的呀。"老板娘平静地说。

"您是说他很爱跳舞，说不定爱上舞女了吧？"

"直君这个人，又酗酒，又玩女人，真是难办呀！"

"还不是上原先生给调教的？"

"不过，直君这个人本质不好。那种破落户的公子哥儿……"

"这个，"我微笑着插话，我想，要是默默不语反而对她们俩有失礼仪，"我是直治的姐姐。"

老板娘吃了一惊，又仔细瞧了瞧我。

"怪不得脸长得很像，刚才站在土间的暗处，我一看吓一跳，还当是直君呢。"

"是吗？"老板娘改变了口气，"这么个腌臜的地方，真是难为您啦。这么说，您和上原先生很早就认识？"

"嗯，六年前见过面……"我一时说不出话，眼泪就要流下来了。

"让您久等了。"女佣端来一碗乌冬面。

"吃吧，趁热。"老板娘劝道。

"不客气了。"

我的脸沉浸在乌冬面的热气里，刺溜刺溜吃起来。眼下，我尝到了一生中最最悲惨的滋味儿。

格罗丁，格罗丁，唏溜唏溜唏。格罗丁，格罗丁，唏溜唏溜唏。上原先生低低地哼着这首曲子，走进我们的房间，咕咚一声盘腿坐在我的身旁，默默地交给老板娘一只大信封。

"就这么一点儿？剩下的可不许赖账啊！"

老板娘对信封里装的东西瞅都不瞅一眼，一把塞进长火盆的抽斗，笑嘻嘻地说。

"会给的。其余的，等明年再说。"

"您真是的。"

一万元，有了这一万元，能买多少电灯泡啊！这些钱足够我生活一年的。

啊，这些人也许在干着错事，但是他们就和我的恋爱一样，不如此就难以生存下去。人，既然来到这个世界，无论如何都要想办法生存下去。既然如此，这些人努力活着的形象未必可憎。活下去，活下去。啊，这是一桩多么痛苦挣扎的大事业啊！

"总之,"隔壁的男子说,"今后,要想在东京生活,假如不点头哈腰做些极为轻薄的应酬是不行的。对于如今的我们来说,要求什么敦厚、诚实之类的美德,那就等于扯吊死鬼的脚。敦厚?诚实?呸!那样是活不下去的,不是吗?要想不低三下四地活着,只有三条道好走,一是归农,一是自杀,还有一个是靠女人。"

"对于哪个都不愿干的可怜虫来说,最后唯一的手段——"另外的人接上话茬儿,"就是围在上原二郎先生身边,喝它个一醉方休。"

格罗丁,格罗丁,唏溜唏溜唏。格罗丁,格罗丁,唏溜唏溜唏。

"还没有住的地方吧?"上原先生像是自言自语地低声说。

"我?"

我意识到自己心中的毒蛇扬起镰刀形的脖子。敌意,一种近乎敌意的感情,使我死死守护着自己的身体。

"能同大伙儿挤在一起睡吗?天气很冷啊。"

上原看到我动怒,依旧浑然不觉地问。

"不行吧?"老板娘插嘴道。"这样太可怜啦。"

上原先生咂了咂舌头,说:

"要是这样,干脆别来这里为好。"

我沉默了。我立即从这个人的话音里觉察出他确实读了我的那些信,而且比任何人都更爱我。

"实在没办法,那就只好请福井家帮帮忙,住到她那里了。千惠小姐,你陪她去吧。不行,都是女的,路上太危险。大婶儿,难为你啦,请把木屐放到后门口,我送她去。"

外面已经是深夜,稍微刮风了。满天星斗灿烂。我们肩膀挨着肩膀边走边聊。

"我呀,可以跟大伙儿挤着睡,怎么都行。"

"唔。"上原先生随便应了一声。

"您想只跟我待在一块儿,对吧?"我说着笑了。

"所以嘛,我才不愿意啊。"上原先生撇撇嘴苦笑了。我感到浑身都正被他热烈地爱着。

"您真会喝酒,每天晚上都这样吗?"

"是的,每天一大早就喝。"

"酒很好喝吗?"

"不好喝。"

听到上原先生这么一说,我不由感到恶心起来。

"工作呢?"

"不行,写什么都感到无聊,只有满心的悲哀。生命的黄昏,艺术的黄昏,人类的黄昏。这些也一概令人讨厌。"

"郁特里罗。"[1]

我无意识冒出了一句。

"哦,郁特里罗,似乎还活着。酒鬼,僵尸。最近十年间的画作俗不可耐,全都不像样子。"

"不光是郁特里罗吧?其他的名人大家全都……"

"是的,凋落了,就连新芽也都凋落了。严霜,frost[2],不时布满整个世界。"

上原先生轻轻抱住我的双肩,我的身子好似裹在他双层和服的袖筒之中。但我没有拒绝,反而紧紧依偎着他,慢慢迈动着脚步。

路边树枝纵横。没有一片叶子的尖细的枝条,锐利地刺向天空。

"树枝,真好看呀。"我不由自言自语道。

"唔,花朵和黝黑的枝条很和谐。"他略显狼狈地

---

[1] Maurice Utrillo(1883—1955),法国风景画家。作品多描绘巴黎近郊风景,画风阴郁,清冷。代表作有《旧巴黎蒙马特区》《雷诺阿的花园》等。

[2] 霜。

回答。

"不，我倒喜欢这样的树枝，没有叶子，没有鲜花，没有长芽，什么也没有。尽管这样，还是顽强地活着。它和枯枝不一样。"

"大自然，该是不会凋零的。"

他说到这里，接连不断地打起喷嚏来。

"您感冒了吧？"

"不，不，没有。说实话，这是我的奇癖。喝酒喝到极致立即就会大打喷嚏。这是醉与不醉的晴雨表。"

"恋爱呢？"

"哎？"

"都有谁啦？谁是使您达到极致的人呢？"

"什么呀，别再嘲弄我了。女人，都一样。实在难于对付啊。格罗丁，格罗丁，唏溜唏溜唏。实际上，有了一个，不，是半个。"

"我的信，都看了吗？"

"看了。"

"怎么不回我？"

"我讨厌贵族。他们都有一副令人作呕的傲慢的面孔。

你的弟弟直君，虽说有着贵族男士的豁达，但又不时显露出与人格格不入的妄自尊大来。我是个农民的儿子，从这样的小河边通过，我必然想起儿时在故乡的小河里钓鲫鱼、捞鳑鱼的情景，心中激动不已。"

小河在黑暗里流动，传来幽幽的水声，我们沿着岸上的小路走着。

"然而，你们贵族不但绝然不能理解我们的感伤，而且会表示轻蔑。"

"屠格涅夫呢？"

"那家伙是贵族，我讨厌他。"

"可他写了《猎人笔记》。"

"哦，那还是不错的。"

"那是对农村生活的感伤……"

"那他就算是乡下贵族，折中一下吧。"

"我现在也是个乡下人，种田呢。一个乡下的穷人。"

"你现在还喜欢我吗？"他的口气很粗鲁，"你想生下我的孩子吗？"

我没有回答。

他的脸孔以山岩崩落之势压过来，强吻了我。这是洋溢着性欲情味的热吻。我一边承受着，一边流泪。这是带有屈辱和痛悔的苦味的眼泪。珠泪滚滚，不住从眼眶里涌流出来。

两人依然并肩而行。

"我服了，爱上你啦。"

他说着，笑了。

可是，我没笑。我蹙着眉，缩起嘴唇。

没有办法。

若用语言形容，只能是这种感觉。我觉得我是趿拉着木屐走路，脚步慌乱。

"我服了。"他又说了一句，"那就走哪儿算哪儿吧。"

"您真坏。"

"你这妮子。"

上原先生在我肩上用力拍了一下，又打了个大喷嚏。

福井的宅子似乎到了，看样子大家都睡下了。

"电报，电报，福井君，来电报啦！"

上原先生敲着门，高声喊叫。

"上原吗？"

家中传来男人的问话。

"是的，王子和公主前来借宿了。这样的冷天，净是打喷嚏。男女私奔，也变成一场滑稽剧了。"

大门从里面打开了。一位五十开外的秃头小个子男人，穿着漂亮的睡衣，带着一副怪讶而羞惭的神色迎接我们。

"拜托了。"

上原先生只说了这么一句，斗篷也来不及脱，一头钻进门。

"工作间太冷，不行。把二楼借给我吧，快过来。"

他牵着我的手，穿过走廊，登上顶头的楼梯，进入黑暗的卧房，啪嗒打开屋角的电灯开关。

"这房子像间饭铺。"

"哦，暴发户的情趣。不过，给这个蹩脚画家使用，太可惜了。他命相很强，一生没有遭祸，只好供他享福。来，睡吧，睡吧。"

他像在自己家里一样，随手打开壁橱，拿出被褥铺在地上。

"睡在这儿，我回去了。明儿早晨我来接你。厕所在楼梯下靠右边。"

他呱哒呱哒走下楼梯，仿佛滚落下去一般，一阵喧闹。接着，就听不见动静了。

我又拧一下开关，熄灭电灯。脱去父亲从国外买的料子做的天鹅绒外套，只是松开和服腰带，和衣钻进床铺。我太累了，又加上喝了点儿酒，浑身倦怠，迷迷糊糊很快睡着了。

不知何时，他已经睡在我的身边……将近一个小时，我拼命无言地反抗着。

蓦然，我绝望地放弃了。

"只有这样，您才放心吧？"

"唉，那倒也是。"

"您呀，身体不好，对吗？是否咳血了？"

"你怎么知道？说实话，最近很厉害。不过，我谁也没有告诉啊。"

"母亲临终前，也有这样的气味呢。"

"我是拼死拼活地喝酒。活着很悲惨，没法子。什么寂寞、无聊，根本谈不上那么轻松，而是悲哀。当你听到四面墙壁传来阴森森的悲叹声，哪里还会有自己的幸福呢？活着的时候，决没有什么自己的幸福和光荣。当人们明白了这一点，将会是一番怎样的心境呢？努力，这种东西只能变成饥饿野兽的食物。悲惨的人们太多了。你腻烦了？"

"不。"

"只有恋爱，才像你信上所说的那样。"

"是。"

我的那番爱消泯了。

天亮了。

室内光线朦胧。我仔细瞧着身旁这个人的睡相。这是一副濒死者的容颜，一张倦怠不堪的面孔。

牺牲者的脸，尊贵的牺牲者！

我的人。我的彩虹。My child。可恨的人，狡黠的人！

我感到他的脸孔十分美丽，举世无双。我心中的爱又苏醒过来，一边抚摸着他的头发，一边主动吻了吻他。

可悲可哀的爱的实现。

"都怪我太偏执了，我是农民的儿子啊。"

上原先生闭着眼睛抱住我，我再也不肯离开他了。

"眼下我很幸福，即便听到四壁传来悲叹的声音，我现在的幸福感也达到了饱和点。我幸福地简直就要打喷嚏了。"

上原先生嘿嘿地笑了。

"可是太晚了。已是黄昏时节。"

"是早晨啊。"

那天早晨，弟弟直治自杀了。

七

直治的遗书：

姐姐：

我不行了，先走了。

我全然不知，我为什么要活下去。

就让那些想活的人活着吧。

人有生的权利，同样也有死的权利。

我的这种想法一点儿也不新鲜，这是当然的，也是最根本的事情，只是不知道人们为何惧怕明白地说出口来。

想活着的人不论发生何等事，都一定要坚强地活下去。这是了不起的大事，其间肯定也关系到一个人的荣誉之类的事。但我认为，死也不是罪恶。

我，只是一棵小草，在人世的空气和阳光里难于生长。要生长，还不充分，还缺少一样东西。以往活过来，已是竭尽全力了。

我进入高中，同那些和我出身全然不同阶级的同学交往，他们都是强劲的野草。我被他们的强势所压抑，不甘屈服，使用麻药，半疯半傻地加以反抗。后来入伍，依然处处凭借鸦片作为最后生存的手段。姐姐哪里知道我的一番心情！

我想变成一个下流人，变成一个强暴之徒。我以为，这才是成为所谓民众之友的唯一道路。喝酒，根本无济于事。我必须变得迷迷蒙蒙、浑然不觉才好。为此，我只能使用麻药。我要忘掉家庭，我必须反叛父亲的血统，排斥母亲的优柔。我必须对姐姐冷酷。不然，我就无法获得一张进入民众阶层的门票。

我变得下流起来，开始使用下流的语言说话了。不过，有一半，不，百分之六十是出自可怜的装扮，是蹩脚的小花招。对于民众，我依然是个可厌的装摸作样的小丑。他们和我不可能肝胆相照，但我现在又无法回到已经舍弃的沙龙。如今，我的下流尽管多半是人工装扮出来的，但剩下的一少半却是真正的下流。我的那种所谓上流沙龙中的臭不可闻的高雅，实在令人作呕，一刻也难以容忍。同时，那些高官显贵和有来头的大人物，对我的粗俗的行仪也会愕然生厌，立即加以放逐。我不能回归已经舍弃的世界，我只获得了民众所赐的充满恶意的规规矩矩的旁听席。

不论哪个时代，像我这样所谓生活能力薄弱而又有缺陷的草，谈不上什么思想不思想，也许只有自我消灭的命运。但是，我也有些话要说，我感到有件事情使我很难生存下去。

人啊，都是一样的。

这难道就是思想吗？我认为，发明这种不可思议的语言的人既不是宗教家，也不是哲学家和艺术家，这是打民众的酒场涌现出来的语言。就像蛆虫不住蠕动，并非由谁先说出来，而是不知不觉涌现出来的，覆盖了全世界,将世界变得冷漠起来。

这种奇怪的语言和民主以及马克思主义毫无关系。这肯定是酒场上丑男向美男子投掷过去的话语。那只是一种焦躁,嫉妒,根本算不上什么思想。

然而。这酒场上吃醋的叫骂,却装出一种奇怪的思想的面孔,在民众之中悠悠而行。这种语言虽然同民主和马克思主义毫无干系,但总是同那种政治思想和经济思想搅在一起,做出奇妙而卑劣的安排。即使是靡菲斯特[1],也会犯起踌躇,不至于将这种胡言乱语偷换为思想,闷着良心表演一番吧?

人啊,都是一样的。

多么卑屈的语言!捉弄别人同时也捉弄自己。这种没有一点自尊的语言,只能使人放弃一切努力。马克思主义主张劳动者的地位优先,他们不主张人都是一样的。民主强调个人的尊严。不过,只有混蛋才说什么:"嘿嘿,不论如何装腔作势,还不都是一样的人吗?"

为什么要说一样呢?不能说优先吗?这是奴隶根性的复仇。

---

1 歌德《浮士德》中的魔鬼。

然而，这句话实际上是猥亵的，可怕的，它使人相互提防，一切思想受到强奸，努力换来嘲笑，幸福被否定，美貌被糟蹋，光荣被剥除。我认为，所谓"世纪的不安"正是来源于这句不可思议的话。

我虽然认为这是一句可厌的话，但依旧受到这句话的胁迫而感到震颤不已，不论做什么都觉得难为情。一种无尽的不安情绪时时使我无立足之地，只好干脆依靠酒和毒药，借助麻醉求得一时的慰藉。就这样，一切都变得不可收拾了。

太软弱了吗？一棵有着重大缺陷的小草吗？尽管我摆出这些不值一提的理由，那些混蛋还会嘲笑我吧？——"你本来就游手好闲，懒惰，好色，是一味贪图享受的花花公子。"以前听到他们这样的指责，我只是不好意思、稀里糊涂地点头称是，但是，如今临死之前，我想留下一句话来表示抗议。

姐姐：

相信我吧。

我虽然耽于玩乐，但一点儿也不愉快。这也许就是快乐的阳痿吧？我只不过是想摆脱贵族这一阴影，狂放不羁地尽情逸乐一番罢了。

姐姐：

我们果真犯了罪吗？出身贵族难道是我们的罪过吗？仅仅因为生在这样的家庭，我们难道就理应永远像犹太人的亲属一般，怀着负罪的心情，惶恐不安地生活下去吗？

我本该及早死去。只是为着一件，就是妈妈的情爱。一想起这个，我就不能死。人有自由生存的权利，同时也有随时死去的权利。但是我认为，在"母亲"活着期间，这种死的权利必须保留。不然，也会害死"母亲"的。

而今，即便我死了，也不再有人因此而悲伤地损害了身体。不，姐姐，我知道，失去了我，你们将会悲伤到何种程度。不，舍弃这种虚饰的感伤吧。你们一旦知道我死了，肯定会伤心流泪，但你们只要想想我活着的痛苦，想到我从这种痛苦生涯中完全解放出来的喜悦，你们的悲伤就会逐渐消失的。

谴责我的自杀，说我应该苟活下去，但又不给我任何帮助，只是在口头上扬扬自得地批判我，这一定是那些可以平心静气规劝陛下开设水果店的大人物。

姐姐：

我还是死了好。我没有所谓的生存的能力。没有借助钱财与人相争的力量。我连向人敲诈勒索的本事都没有。我和上原先生一同玩乐，我总是自己负担应付的一份儿。上原先生说我有着贵族的孤傲和清高，他对此很是反感；然而，我不能不支付自己花销的这一份儿，不能利用他凭借劳动赚来的金钱，一味吃吃喝喝，玩弄女人。我不敢这样做。简单地说，是出于对上原先生工作的尊重。不过，这也是扯淡，老实说，我也搞不清楚。只是觉得让别人请客，这是很可怕的事。尤其是人家凭本领赚来的钱财，纵然吃了也很不自在，痛苦得无法忍受。

于是，我只好将自家的钱财拿出来，这使得妈妈和你感到伤心，我自己一点也不快乐。我打算从事出版事业，也完全是为了装饰门面，实际上一点儿心思也没有。即便认真做下去，一个连受人之请都不好意思的人，根本谈不上赚钱，对于这一点，我虽然愚蠢，也还是有自知之明的。

姐姐：

我们变得一无所有了。活着的时候，老是想款待别人，而今到了必须依靠别人的款待才能生活的地步了。

姐姐：

还有，我为何非要活下去不可呢？我已经不行了，我想死。我有安乐而死的药物，当兵时弄到手的。

姐姐美丽（我为有个美丽的母亲和美丽的姐姐而感到自豪）而又贤惠。姐姐的事不用我担心，我没有担心的资格。就像小偷记挂着被害人，只能令人感到脸红一样。我相信，姐姐一定会结婚，生子，依靠丈夫生活下去的。

姐姐：

我有一个秘密。

我久久隐藏着这一秘密。即使在战地，也会想起她来。我梦见她，醒来之后，不知哭过多少次。

她的名字我谁也没有告诉过，即使嘴烂了也不会说出来。如今，我快死了，临死之前，我至少要对姐姐讲个明白。然而，我还是担惊受怕，不敢说出她的姓名。

假如我绝对保守这一秘密，不跟这个世界上任何人说清楚，深藏于心底而死去，那么，我的身体在火葬时就会打深处泛起一股烧不掉的腥气，那样会使我不得安宁，所以我要转弯抹角对姐姐说一说，就像虚构的一般。虽说是虚构，姐姐肯定能一下子猜出她是谁来。与其说是虚构，不如说是使用字母遮遮掩掩一番罢了。

姐姐不认识她吗？

姐姐应该知道她吧？不过，你也许未曾见过她。她比姐姐稍微大一些，单眼皮，眉梢上挑，头发没有烫，总是向后梳个髻儿，或者叫作垂髻吧。这种朴素的发型，而且配着一身粗俗的衣裳，但看起来并不寒酸，而显得颇为利落、清净。她是战后连续发表新派画作而一举成名的某位中年油画家的夫人。那位油画家言行十分粗暴，但夫人却装得心平气和，温柔体贴，终日微笑着过日子。

"那么，我告辞了。"我站起来说。

她也站起来，毫无戒备地走到我身边，仰头看着我的脸。

"为什么？"

她用普通的声音问道，似乎感到有些奇怪，微微歪着头，一直盯着我的眼睛。她的目光里没有邪恶和虚饰。我同她四目对视，惶惑着移开视线，唯有这时候丝毫没有羞怯之感，两人的面孔相隔一尺，约有六十秒，心情无比畅快。我望着她的眼眸，然后微笑着说：

"可是……"

"他很快就会回来的呀。"

她依然一本正经地说。

我忽然想到，所谓"真诚"，也许就是这种感觉的表情吧。这不是修身教科书上那种严肃的道德说教，而是用真诚的话语表现出来的本来的道德。我以为，这才是可爱的东西。

"我下次再来。"

"好的。"

自始至终，没有任何芥蒂的对话。我于某年夏日的午后，访问了这位油画家的公寓。油画家不在，夫人说他马上回来，请我进去稍候。我听从夫人的吩咐，走进屋子，读了三十分钟的杂志，她丈夫也没有回来，我便起身告辞了。事情仅仅如此，但我却苦苦爱上了当日当时她的那双眸子。

也许可以称作高贵吧。我敢断言，在周围的贵族中，像妈妈那样能够表达无警戒"真诚"的眼神的人，一个也没有。

后来，一个冬天的黄昏，我被她的倩影打动了。依然是在画家的公寓，从早晨起我就同画家坐在被炉里喝酒。我们两个对日本的所谓文化人痛加贬斥，笑得前仰后合。不久，画家倒头而眠，鼾声如雷，我也躺在旁边昏昏欲睡。这时，一件毛毯轻轻盖在我的身上，睁眼一看，东京冬夜淡蓝的星空水一般澄净，夫人抱着女儿，安然坐在公寓的窗户旁边，她那端庄的身影，在淡蓝色邈远的星空衬托之下，犹如文艺复兴时代的肖像画，轮廓鲜明地浮现出来。她为我轻轻盖上毛毯的亲切情意，不含有任何情色和欲望，啊，或许"人性"这个词儿此时用在这种场合才更加合适吧。一个人应有的恬淡的关怀，几乎无意识地表现出来，宛若画像中娴静的姿影，盈盈然凝望着远方。

我闭着眼睛，心中涌起狂热的爱欲，眼眶里溢满泪水，拉起毛毯盖在头上。

姐姐：

我到这位油画家那里玩，是因为当初被他作品中特异的笔触，以及深深蕴蓄着的热烈的情愫所迷醉，但是，随着交际的深入，逐渐对他那毫无教养、一味胡闹以及龌龊的行为有所警惕。与此形成反比的是，我被他的夫人美好的内心所折服，不，我恋慕这位有着真正爱情的女人，很想一睹夫人的芳颜，所以才去那位油画家里游玩。

如果说那位油画家的作品，多多少少带有艺术的高贵之气，那么，我甚至想说，那不正是夫人优雅内心的反映吗？

我现在可以清楚地表明我对那位画家的感想，他只是一个酒鬼，一个耽于玩乐的奸商。他为了赚钱享乐，用颜料在画布上胡乱涂抹，赶超新潮，抬高市价。他所具有的只不过是乡巴佬的无耻、愚钝的自信和狡猾的敛财手段而已。

抑或他对别人的画作，根本弄不清是外国人的画还是日本人的画。就连自己的绘画，他自己也不知道为何而作吧。他只是为了挣钱享乐，才那般热衷于在画布上胡乱涂抹吧。

更令人惊讶的是，他对自己的胡作非为，看样子丝毫也不感到疑虑、羞愧和恐怖。

他扬扬自得，他自己不知道自己在画些什么，更不会了解别人工作的优点。他只是一味地贬损别人，贬损别人。

就是说，他过着颓废的生活，口头上叫苦连天，事实上，只不过是乡巴佬进城，走进向往已久的都市，偶尔获得意外的成功，于是喜出望外，乐而忘返罢了。

有一次，我对他说：

"朋友们都很怠惰，热衷于玩乐，自己一个人用功有些难为情，有些担惊受怕。这样下去怎么行？所以，即使没有这份心思，还是要同朋友一起玩玩才是。"

中年油画家泰然回应道：

"哎？这正是所谓的贵族气质吧，我讨厌。而我一看到人家在玩乐，自己不玩反而觉得吃亏，所以也就大玩一气了。"

当时，我从内心里瞧不起这位油画家。此人的放荡中没有苦恼，或许他更为自己的玩乐而感到自豪。他实在是个快乐的傻瓜。

不过，一个劲儿讲述这位油画家的坏话，这些都和姐姐无关。如今，我面临死亡，依然怀恋同他的一段漫长的交往，甚至有着再度重逢、共同玩乐的冲动。我一点也不憎恶他了，反而觉得他寂寞难耐，是个有着诸多优点的人。所以，我也无话可说了。

我只想让姐姐知道，我迷上了他的夫人，徘徊不定，坐立不安。因此，姐姐即便知晓，也不要告诉任何人，更没有必要为实现弟弟生前的心愿什么的而多管闲事，做出一些令人生厌的举动。我只巴望姐姐一个人知道此事，暗暗在心中记住就是了。如果说我有什么欲望的话，姐姐听了我的可耻的告白，更加深刻理解我以往生命中的苦恼，我也就高兴非常了。

一次，我梦见和夫人互相握手。我得知夫人很早以前就喜欢我了，梦醒之后，我的手心依然存留着夫人手指的温馨。我认识到，我必须因此而获得满足，从此也就应该死心了。道德并不可怕，我十分惧怕的是那位半疯，不，可以说完全是个狂人的油画家。我想罢手，我想转移胸中之火，于是我同形形色色的女人鬼混在一起，玩得昏天黑地，一天夜里，甚至那位画家看了也眉头紧锁。我想从夫人的幻影里挣脱出来，忘掉她，舍弃一切。然而，不行。我这个人注定只能恋上同一个女人。我要说清楚，我从未觉得夫人的其他女友，更加漂亮可爱。

姐姐：

请允许我死前就写一次吧。

……suga女士。

这是那位夫人的名字。

昨天我把自己一点也不喜欢的舞女（这女人本质上某些地方很愚蠢）带到山庄，但并非今早想到死才带来的。我是打算最近一定要死的，但昨天带她来山庄，是因为那女人逼着我要旅行，我又倦于到东京去，于是想到，将这位蠢女子带到山庄休息两三天也不坏，虽说于姐姐有些不便，但还是一同来了。谁知姐姐要到东京的朋友家去，此时我突然想到，要死就现在死吧。

我过去曾经打算死在西片町故居的里间屋子，因为我不愿死在大街或原野，让那些看热闹的人随便翻动自己的尸首。可是，西片町那座住宅已经为他人所有，如今只能死在这座山庄，别无他处了。不过，最初发现我自杀的当是姐姐,一想到姐姐那种惊愕和恐怖的神色,无论如何,我都不愿在只有我们姐弟两人在家的夜间自杀。

眼下正是好时机。姐姐不在,那位愚钝的舞女成为我自杀的发现者。

昨夜,我们两人喝了酒,我叫那女人先到楼上西式房间睡了,我一个人在妈妈死去的楼下屋子里铺好被褥,开始书写这篇悲惨的日记。

姐姐:

我已经没有希望的地盘了,再见吧。

从结局上说,我的死实出于自然。因为人,单凭思想是死不了的。

我还有一桩难以启齿的心愿,那就是妈妈那件遗物——麻布衣裳。本来,那件衣裳经姐姐改制留给直治来年夏季穿的吧,请把那件衣裳纳入棺材,我很想穿。

天快亮了。长期以来让你吃苦了。

再见吧。

昨夜酒醉,已经完全清醒过来了。我以本来面目而死。

再一次向你道别。

姐姐：

我是贵族。

八

梦。

他们都离我而去。

为直治的死料理好善后事宜,之后的一个月里,我在山庄独自度过。

而且,我怀着平静如水的心情,给那人写了或许是最后一封信。

看样子,您也把我给舍弃了。不,是逐渐忘却了。

然而,我是幸福的。我的心愿实现了,我怀上孩子了。如今，我感到失去了一切，可是，肚子里的小生命，正是我孤独微笑的动力。

我并不认为我干出了什么见不得人的错事。这世界上为什么有战争、和平、贸易、工会和政治什么的呢？其原因我最近弄明白了。您不知道吧？所以您才总是不幸。这原因我告诉您吧，都是为了让女人生下健康的孩子。

我一开始就不打算指望您的人格和责任，我只考虑我的一门心思的恋爱冒险能够获得成功。我的愿望已经实现。如今，我的心胸如森林中的沼泽一般平静。

我以为我胜利了。

玛利亚[1]即使生下的不是丈夫的儿子，只要玛利亚满怀自豪，也会成为圣母和圣子。

我因无视旧道德和有个好孩子而感到满足。

您此后依旧唱着格罗丁，格罗丁，和绅士淑女们饮酒，继续过着颓废的生活吧。我不想要您停止这一切，因为这或许是您最后斗争的一种形式。

---

1 Maria，耶稣基督之母。本系达彼得家族之女子，同约瑟夫订婚，因圣灵而怀孕，生下耶稣基督。

我不想再对您说些显而易见的大道理，不想再规劝您戒酒，治病，求得长寿以便出色地工作之类的话。与其"出色地工作"，不如舍掉性命，彻底过着所谓不道德的生活，这样，也许反而能赢得后世人们的感谢之情。

牺牲者。道德过渡期的牺牲者。您和我，都属于这样的人吧。

革命，究竟要在何处进行？至少在我们周围，旧道德依然如故，丝毫没变，阻碍着我们的前进之路。海面上的波涛尽管喧闹不止，海底的水不仅谈不上革命，还一动也不动，装作沉睡。

但是我认为，在过去的第一回合中，却也稍稍阻滞了旧道德的实行。接着，我要和新生儿一起，进行第二回合和第三回合的战斗。

生下所爱的人的儿子，养育他成长，这就意味着我道德革命的完成。

即使您把我忘却，或者因酗酒而殒命，为了我的革命的成功，我也能健康地生存下去。

最近，有人告诉我您的人格如何如何卑下，然而让我坚强活下去的是您，在我胸中悬挂一道彩虹的也是您，为我指出生活目标的仍然是您。

我因您而感到自豪，我也想让出生的孩子因您而感到自豪。

私生子和他的母亲。

我们将永远同旧道德战斗到底，我打算像太阳一般活着。

请您也把您的斗争持续进行下去。

革命，一点儿也没有进展。似乎还需要进一步作出宝贵的牺牲。

现世中，最美的当数牺牲者。

又有一位小小的牺牲者。

上原先生：

我对您不再有任何请求了。不过，为了这个小小的牺牲者，只求您答应我一件事情。

请您的夫人抱一下我的孩子，就那么一次就行了。而且，到时请允许我向她说明：

"这是直治和一个女人偷偷生下的孩子。"

为什么要这样做呢？这一点，我不想对任何人再说些什么。不，其实，我自己也不明白为何要您这样做。但我必须请您这样做。为了名为直治的那个小小牺牲者，无论如何，我都得请您照着我的话去做。

您感到不快吗？即使不快，也请您忍耐。这是一个被遗弃、被忘却的女人唯一的愿望，一个稍稍惹人厌恶的请求，请您务必答应她吧。

M·C My Comedian[1]。

昭和二十二年[2]二月七日

---

1 喜剧演员。

2 1947年。

译者后记

日本作家太宰治,在中国已经不是一个陌生的名字。多年来,他的一些代表作,零星被几家出版社译介过来,逐渐受到广大读者尤其是青年阶层的欢迎。2013年,重庆出版社委托我编选《太宰治系列》,我自己担任代表作《斜阳》的翻译。这本书的翻译过程比较顺利,没有遇到太大的困难和曲折。读者朋友的反响尚好,真想多译几本,但正逢集中译三岛由纪夫,一时腾不出手来,遂割爱。

太宰治(1909—1948),日本无赖派(或新戏作派)代表作家。本名津岛修治,生于青森县北津轻郡金木村大地主家庭。父亲津岛源右卫门是贵族院议员和众议院议员，当地名士，被称呼为金木老爷。太宰治是父母的第六个儿子，兄弟姐妹十一人，他最小。父亲经常忙于事业，母亲病弱，太宰治从小是在叔母和保姆的照料下成长的。1927年，太宰治在弘前高中读书，听到自己崇仰的天才作家芥川龙之介自杀的消息，精神受到极大冲击。1930年，入东京帝国大学法文科，不久中退，投入左翼运动，后"转向"。1930年，于银座的"好莱坞"邂逅广岛高中生才媛、某画家情妇田边渥美，二人到镰仓海滨情死，田边殒命，太宰存活。小说《叶》《小丑之花》《狂言之神》和《奔跑吧，梅勒斯》，都有"入水自杀"的情节描写。太宰后来师事著名作家佐藤春夫、井伏鳟二。太宰治自幼经受北国海疆粗犷荒瀚自然风土的熏陶和没落贵族斜阳晚照家风的影响，养成了奇诡多变、放荡不羁，时而骄矜、时而自卑的性格。三十九年短暂的一生，偕同女人五次自杀，四次情死未遂，最后同山崎富荣于玉川上水投水身亡。说来凑巧，两人投水一周后的6月19日，正值太宰治三十九岁生日。是日一早，太宰治遗体被打捞上岸，遵照他生前的遗愿，葬于东京三鹰黄檗宗禅林寺，坐落于明治文豪森鸥外墓正对面。翌年6月19日，日本举办周年祭纪念活动，从此定名为"樱桃忌"。

此后，每年6月19日，仰慕作家盛名的文学青年，云集禅林寺或玉川上水，缅怀悲悼。

纵观太宰文学，大致可分为三个时期。

前期（1909—1929）：青年时代的太宰治，游戏人生，数度自杀，思想支离破碎，精神极不安宁，可称为"叛逆和反抗"的时代。这期间的作品以《晚年》作品集为首，还有《逆行》《小丑之花》《玩具》《猿岛》《创世纪》《二十世纪旗手》和《HUMAN LOST》等，内容多属于描写个人生活的私小说范畴。

中期（1930—1945）：太宰同石原（津岛）美知子结婚后，在亲友和社会的救援下，太宰治不安的灵魂渐趋稳定，立志做一名"市井的小说家"。这个时期的作品，个性鲜明，笔墨多彩，文字细腻，佳作叠出。举其要者有《富岳百景》《奔跑吧，梅勒斯》《女生徒》《新哈姆莱特》《正义和微笑》《归去来》《右大臣实朝》《故乡》和《潘多拉的盒子》等。这一系列作品内容多触及严肃的社会问题，但格调明朗而不沉郁，行文轻捷而不浮华，具有很强的可读性。

后期（1946—1948）：战后三年，战争的创伤再度引起作家精神的不安定，这是太宰文学走向成熟和个体毁灭的悲壮时期。作为作家，三十九岁，正是创作思想渐趋稳固、成就一代文名的大好年代。不料这颗文坛明星，为他的"粉丝"留下《维庸之妻》《樱桃》《斜阳》和《人间失格》后，猝然陨落。连载中的《Good Bye》，即刻断弦，遂成绝响。

日本太宰文学研究家、中央大学教授渡部芳纪，将太宰治誉为"心灵的王者"，他认为太宰治作为一名作家的基本人格类型，属于"赠你一朵蒲公英的"心中怀有幸福感的人（《叶樱与魔笛》），向过路人（读者）献上一支美妙音曲的街头音乐家（《鸥》《想起善藏》）。太宰文学所具有的善性，来自作家的"原罪的自觉"，所谓"多罪者，爱亦深"。

太宰治曾经对弟子们谈及自己的文学理想，他说：

芭蕉[1]闲寂、简素，喜爱纤细的余情，最后达到"轻妙"之境地。新的艺术进取的方向即为轻妙。好比剑道，气力顿时集中于手腕。那种感觉啊，苦恼下沉，心地澄明。……若论音乐，好似莫扎特。（桂英澄《箱根的太宰治》）

---

1 江户前期俳谐作家。

太宰治轻妙而明朗的作品中，从文学形象的角度分析，同时又脱不出前期难解、后期颓废的反俗情调。

小说《维庸之妻》，暗喻"放荡男人的妻子"。其依托对象为十五世纪法国抒情诗人弗朗索瓦·维庸（François Villon，1431—约1463）。此人在巴黎大学求学期间，频频交往妓女、流氓，1455年在一次社会骚乱中杀死司祭，逃往巴黎郊外，参加盗窃集团，获罪入狱，后遇赦。1462年，因再次犯强盗杀人罪，被宣告施以绞刑，后减为十年期流放，不久便杳无消息。2009年，在加拿大蒙特利尔举行的第三十三届世界电影节，由根岸吉太郎导演、松高子和浅野忠信主演的同名电影《维庸之妻》，荣获最佳导演奖。

《斜阳》中的女主人公和子的原型，本名太田静子，1941年在朋友家中偶遇太宰治，两人一见钟情。此后两人常常书信来往，堕入爱河，不得自拔。1944年，太宰到小田原车站同静子相会，并一起探望静子住院的母亲，然后前往静子住处下曾我。太宰再次到下曾我会见静子是战后1947年，为了创作《斜阳》向静子借阅日记。

太宰治绝命前的一两年间，原配美知子和情妇静子同时怀妊，第二年分别生下女儿，这就是后来的著名作家津岛佑子和太田治子。

《斜阳》一作，堪称日本战后社会的夕照图、国民精神变异的告白书。《斜阳》全书，始终贯穿着一条爱与恨的主调，是一首浸染着情与泪的交响乐。这一点，或许就是这部作品博得广泛好评的主要原因。

这里顺便介绍一下作者太宰治的两个女儿，以满足众多读者的关切。

津岛佑子（Tsushima Yuko，1947—2016），作家。本名津岛里子。太宰治和津岛美知子次女。生于东京都北多摩郡三鹰町。作品被翻译为英语、汉语、法语、意大利语、荷兰语等。

津岛佑子一岁时失去父亲，生活在所谓"母子家庭"中，同母亲、哥哥相依为命。1966年，进入白百合女子大学文学部英文科，1969年4月，进入明治大学大学院攻读英国文学专业，1971年，出版处女作品集《狂欢节》。1972年5月，长女出生。其后与夫不和，离婚。1976年8月，长子出生，不到十岁，因呼吸困难而早夭。为此，津岛佑子写了回忆文章《为夜光追寻》《走向白昼》等作品。1991年，海湾战争爆发，她和作家柄谷行人、中上健次、田中康夫等人发表《反对海湾战争文学家声明》。1998年，以家人、生与死，以及语言障碍等已逝事物为题材开始构思，花五年时间完成集大成之作《火山—山猿记》，荣获谷崎润一郎奖和野间文艺奖。这部作品成为2006年NHK电视系列小说《一闪纯情》的故事依据。

津岛佑子担当的文化界职务有：2000—2014年，野间文艺奖选考委员；2000—2015年，川端康成文学奖选考委员；2002—2012年，读卖文学奖选考委员；2007—2014年，朝日奖选考委员等。她的胞姊津岛园子是原众议院议员并两度任厚生大臣的津岛雄二之妻。

2016年2月18日，津岛佑子因患肺癌而病逝，享年六十八岁。

关于父亲太宰治，她在《有山之家，有井之家》书信集中写道：

> 说到父亲，我不希望任何人问起他。我要是回答父亲不在了，别人还会问，他怎么啦？我只得回答——死于事故。人家还会问，什么事故？我便苦于回答了。因为"自杀"这两个字对于我来说，实

在难以说出口。即使现在,我还是不愿提起这个词儿。况且,他和另外一个女子一起自杀,这本来就是个秘密。

我进幼儿园时问过母亲,父亲是怎么死的。母亲想了片刻,回答说,哦,心脏停跳了。

父亲是作家,家里有好多书,所以,我很早就知道了。不过,再多些我就不知道了。父亲的亲戚,由于父亲主动同他们断绝来往,我从来没见过。只是有一次,我被迫坐在收音机前,收听儿童节目,那是父亲写的小说。我深感惊奇,这可是很难得的事啊!广播完毕,我一时犯起踌躇,当着母亲的面,是该说这事儿有意思,还是该说这事儿叫人挺生气呢?

后来,我还知道了父亲跟别的女人生下一个女儿,同我是异母姊妹关系。对此,我从感情上没有什么不高兴的,因为过些时候,指不定还会有不相识的异母兄弟或异母姐妹接连不断地出现呢,我且继续等待着好了。

她还在《看到透明空间的时候》一书中写道：

只因太宰治是我父亲，他的作品我很早就阅读了。……对于喜欢芥川和谷崎的我来说，是把太宰的作品同芥川并列在一起阅读的。

太田治子（Ota Haruko），作家、美术评论家。1947年11月12日生于神奈川县小田原市。母亲是代表作《斜阳》主人公和子的原型太田静子。当时已有妻室的太宰，同立志于文学事业的静子产生爱情，为两人生下的女儿名字里留下一个"治"字，以志不忘。翌年，太宰携情妇在玉川上水投水殉情，其后，在母亲静子和舅父们的呵护和培养下，治子毕业于明治学院大学英美文学专业。1967年，她所写作的游记《津轻》，荣获《妇人公论》读者奖。

在母亲静子影响下，治子自幼亲近绘画，1976年始担当NHK《日曜美术馆》第一代助理员，长达三年。治子美术造诣很深，写了好多有关美术的书籍和文章。1982年11月24日，母亲静子去世，享年六十九岁。1986年，治子撰写回忆母亲的文章《心灵的映像》，获第一届坪田让治文学奖，不久又入选直木奖候补作。治子因自己出身特殊，同时又专心护理患肝癌的母亲而长期独身，将近四十岁才结婚。1987年女儿万里子诞生，2004年离婚，其后专心从事文笔事业。